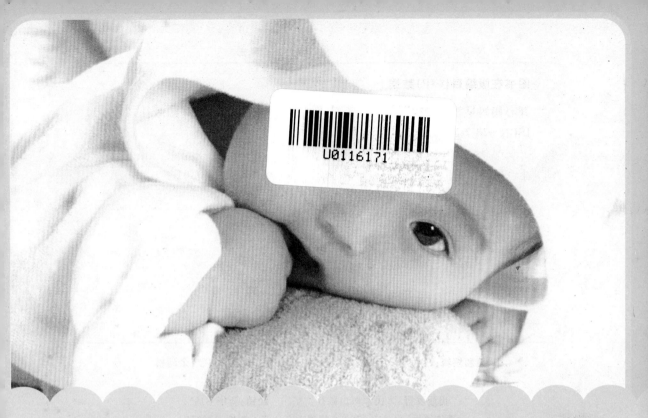

开心妈妈

KAIXIN MAMA
ZAOJIAO YOU MIAOZHAO

早教有妙招

南 菱 邵守进◎主编

编委◎刘霞 任艳灵 席翠平 杨樱 赵建英 刘慧滢

人民军医出版社
PEOPLE'S MILITARY MEDICAL PRESS

图书在版编目(CIP)数据

开心妈妈早教有妙招/南　菱,邵守进主编. —北京:人民军医出版社,2008.11
ISBN 978-7-5091-2184-9

Ⅰ.开… Ⅱ.①南…②邵… Ⅲ.早期教育—研究 Ⅳ.G61

中国版本图书馆 CIP 数据核字(2008)第 158623 号

策划编辑:石永青　　　文字编辑:王会军　　　责任审读:余满松
出　版　人:齐学进
出版发行:人民军医出版社　　　经销:新华书店
通信地址:北京市 100036 信箱 188 分箱　邮编:100036
质量反馈电话:(010)51927270;(010)51927283
邮购电话:(010)51927252
策划编辑电话:(010)51927300—8754
网址:www.pmmp.com.cn

印刷:潮河印业有限公司　　　装订:京兰装订有限公司
开本:787mm×1092mm　1/16
印张:14.5　　字数:178 千字
版、印次:2008 年 11 月第 1 版第 1 次印刷
印数:0001～5000
定价:29.80 元

内容提要

　　早期教育是胎教的延续,本书根据婴幼儿的生理和心理发育特点，从语言、运动、艺术、观察和创造、生活和交往等潜能的开发训练上为您制订出具体的施教方案。使您参照书中的具体做法，对宝宝进行科学的启智开发训练。本书最大的特点是贴近生活、理念先进、语言流畅易懂，具有可操作性，没有枯燥的理论说教，十分适合现代家庭生活节奏。是一本家庭早教枕边书，可为您随时随地的提供帮助与指导。使您在寓教寓乐中，既享受到了天伦之乐，又轻松地完成了育儿早教训练。

前　言

　　每个做父母的都渴望自己的孩子能成龙成凤，甚至把自己没有实现的理想也都寄托在孩子身上。可是，当你面对咿呀学语的婴儿，尽管有尽快实现良好沟通的愿望，却不知道该从哪些方面入手才能与孩子和谐地同步互动，这是许多年轻的妈妈们普遍遇到的难题。

　　本书的适时推出，为您解决了施教难的问题，为您规划好了早教细则，只要您参照本书的早教计划和具体方案，如期对宝宝进行系统训练，用不了多久，您就会欣喜地发现，您的小宝宝被调教得聪明又可爱。

　　科学研究表明，3岁以前人脑的发育速度最快。刚出生的新生儿的脑重是成人脑重的25%，而这时体重只占成人的5%。到了周岁的时候脑重接近成人脑重的60%，而到3岁时，婴儿脑重已接近成人脑重。随着外部刺激不断丰富，0~3岁的婴幼儿神经元体积增大，树突增多、加长，轴突髓鞘化，突触数量和胶质细胞增多，使得大脑重量和体积增加，婴儿的大脑因此也得以迅猛发展，其生长速度大大超过了身体的生长速度。在神经系统生长发育的基础上，一个人学习能力的50%都在生命的头四年发展起来。

　　由此可见，0~3岁是多么重要的智力发育时期，也是最不应错过的早教

"黄金期"。所以，你有必要现在就打开本书，为孩子列出一份贴心的早教计划，并认真地付诸实施，把宝宝调教好，使孩子赢在起跑线上。只有这样，您的孩子才能领跑未来，在今后的人生旅途中左右逢源，得心应手，成为人中之龙凤。

本书根据婴幼儿的生长发育特点，以全新的早教理念为基础，结合语言潜能启智开发训练、运动潜能启智开发训练、艺术潜能启智开发训练、观察和创造潜能启智开发训练、生活和交往潜能启智开发训练等一系列的具体施教方案，为年轻的父母们提供一整套的简单有效的训练方法，您可参照书中的具体做法，对宝宝进行科学专项的启智开发训练。

早教绝不是可有可无的，早期教育不仅可以造就超常儿童，更为实用的是可以使普通儿童更聪明。教育家们认为，凡是受过早期教育的儿童，智商可以增加几十分。无数的早教成功事实告诉我们，每一个孩子都有成为天才的潜力，只要你在"机会之窗"开启之时，给予孩子最丰富的环境、最科学的教育，就可以帮助孩子向完美人生迈出坚实的第一步，就一定能培养出一个健康而快乐的天才！

编者

2008 年 8 月

～目录～

宝宝人生第1月

　　家长不要认为刚刚出生的婴儿什么都不懂，仅满足于对宝宝日常生活的关照，而忽略了宝宝的精神需求，要多给宝宝提供视觉、触觉、听觉、嗅觉等感官的刺激。本阶段最主要的启智方法就是多与你的宝宝亲近，让他感受你肌肤的温暖，倾听你那亲切的呼唤。

目录

宝宝人生第 2 月

宝宝开始关注自己的小手了，手指是人类"智慧的前哨"，所以要多给宝宝提供触摸物体的机会，使其练习抓握，锻炼他手脑的协调能力。此时，还要让宝宝多进行抬头仰望，锻炼他颈椎、脑、背的肌肉。

目录

宝宝人生第 3 月

　　宝宝有了和你交流的欲望，开始用"啊"、"呜"等声音和你"说话"，妈妈一定要尽量满足宝宝的愿望，多和宝宝说说话，与他进行情感上的交流和沟通。你对宝宝说得越多，就越能实现宝宝早说话的目的，从而更好地促进宝宝语言潜能的开发。

～目录～

宝宝人生第4月

　　宝宝对周围环境更感兴趣了，他看到有兴趣的东西，会自己伸手去拿来握着、摇着或放在嘴里舔舔，这些都是宝宝开始认识世界的方式。所以，父母要多给孩子提供能够用来动手、动脑的物品和机会，让宝宝在不断地在摸、敲、拍、打、抠、捏中认识和了解这个世界。

～目录～

宝宝人生第 5 月

此时的宝宝特别喜欢节奏明显的儿歌，更喜欢你念儿歌时亲切而又丰富的表情。他对音乐有了初步的感受能力，会随着音乐节奏摆动四肢，你可以播放一些好听的曲子或是模仿动物叫声的音乐，来增强宝宝的节奏感。

～目录～

宝宝人生第6月

这个阶段是宝宝自尊心形成的关键时期，父母要给予足够的重视，适时地给宝宝以赞扬和鼓励，使宝宝建立起良好的自信心。宝宝的记忆力此时也开始萌生，父母不要用恐怖的表情和语言吓唬孩子，也不要在生人刚到来时突然离开孩子，更不能把自己的不良情绪发泄在孩子身上。

~目录~

宝宝人生第 7 月

　　宝宝的小手变得更加灵活，逐渐学会拿东西时大拇指和其他四指分开，特别是示指能力的增强。所以，父母要鼓励宝宝多动手，以锻炼他手的灵活性和手眼的协调性。此时你可多让宝宝进行一些"指捏食品"的练习，将宝宝的小手洗净，让他练习抓饼干、拿水果片之类的食品。

～目录～

宝宝人生第 8 月

　　宝宝正经历一场好奇心极强的早期探索时期，他喜欢满屋子乱爬，或专心致志地在地板上玩那些他特别感兴趣的东西，对于手中的玩具，还经常会出现各种"粗鲁"的行为，你大可不必为此伤透脑筋，甚至勃然大怒，应尊重宝宝的意愿，在宝宝不伤害到自己的前提下，尽情地进享受"探索之旅"，以此来培养宝宝的好奇心和探索精神。

~ 目录 ~

宝宝人生第 9 月

  9个月的宝宝是喜欢接受表扬的宝宝。当他为你表演游戏时，如果听到喝彩称赞，就会一遍遍地重复原来的语言和动作，这是宝宝能够初次体验成功欢乐的表现。这种成功的欢乐是智力发展的催化剂，极大的助长了宝宝形成自信的个性心理特征。所以，不要吝啬你的赞美，为宝宝由衷地喝彩！

目录

宝宝人生第 10 月

此时，应该开始训练宝宝一些基本的生活技能了，以此来培养他的独立性。首先要使宝宝养成独自玩耍的习惯，在确定宝宝所处环境是安全的之后，鼓励他一个人独自玩耍，但要时时查看他的动静；其次，鼓励宝宝自己独立去做一些事，在他完成一个新的动作和新的技能时，要给予充分的肯定和鼓励。

目录

宝宝人生第11月

这个时期的宝宝，会更喜欢家里的东西，比如勺子、锅、铲子、鞋刷、笤帚、簸箕等，他觉得这些东西比玩具更有吸引力。你大可不必为此感到恼火而加以限制，这只是他探索之旅中的一个驿站，你可以为他提供一些这类的玩具，让宝宝在好奇的探索道路中不断地进步吧！

～目录～

宝宝人生第 12 月

周岁对于宝宝来说，是一个重要的里程碑。他将告别婴儿阶段，进入幼儿时期。很多宝宝都开始显露出独立行走的迹象，有的甚至开始独立迈出人生的第一步。对于宝宝来说，学习走路是他所经历的最难的一件事，他对此有极大的成就感。此时，家长应该多给孩子提供练习走路的机会，使他尽情陶醉于蹒跚学步的乐趣中。

~目录~

宝宝人生第 13~15 月

宝宝手的探索活动日趋精细，他对小物品更加感兴趣。如果宝宝在生活中出现一些"捣乱"行为，如抠玩具娃娃的眼睛、戳墙或地面有凹陷的小洞等，家长不必为此烦恼，可多为宝宝提供带洞的玩具或小物品，以满足宝宝的好奇心理。对于宝宝不断地将垒好的积木推倒重来的做法，家长也不可批评，这是宝宝获得经验的过程。

～目录～

宝宝人生第 16~18 月

宝宝长大了，什么事情都喜欢"自己来"，这是宝宝最初的独立意识的表现，是非常宝贵的。家长千万不要有意无意地压制了宝宝的这种主动性，如对宝宝的事情处处包办代替。否则，可能造成宝宝头脑的"饥饿"，不利于宝宝身心的健康发育。

~目录~

宝宝人生第 19~21 月

　　这个时期的宝宝正进入语言发展突发期，家长要把握时机，通过画片、实物等耐心反复地教育孩子认识事物，增加词汇。有的宝宝还表现出逞强好斗的个性，会发生打人、推人、咬人等各种不良行为，我们对宝宝的这一行为一定要加以制止。

～目录～

宝宝人生第 22~24 月

　　宝宝的好奇心越来越强，有问不完的"为什么"，这是他十分渴望了解这个世界的积极体现。所以，你要有足够的耐心，应不厌其烦地告诉宝宝，在满足宝宝好奇心的同时，也让他学会大量词汇。

~ 目录 ~

宝宝人生第 25~27 月

宝宝开始以他的意愿对抗你，会一再地使用"不"字。他还爱表现自己，对自己的独立性和完成一些技能感到骄傲。所以，我们应该让孩子在愉快的环境下接受新知识，学习新技能，塑造健康自信的性格。

～目录～

宝宝人生第 28~30 月

　　此时，父母应让宝宝尽可能多的读读画册、小人书，浏览祖国的山川、风光，有选择的看一些电视节目，来积累知识，发展他的想像力。对宝宝天真烂漫的想像要给予鼓励，万不可进行干涉和嘲笑，以免造成孩子的自我规限，从而失去创作空间，减少了宝宝发挥想像力的机会。

~目录~

宝宝人生第 31~33 月

宝宝有时会热衷于帮你做事，虽然他常常越帮越忙，但家长还是要爱护宝宝的积极性，并适当地分配给宝宝一些力所能及的工作。你还应多带宝宝走出家门，让他接触外面各种各样的人和事物，见识其他小朋友，从大孩子那里学习玩耍的方式，在玩耍中使宝宝学会与人交往和共享。

～目录～

宝宝人生第 34~36 月

　　快三岁的宝宝思维能力有了很大提高，他常能触类旁通，由于想像活动异常活跃，所以要经常与宝宝做一些联想的游戏，这可以开发他的想像力，锻炼宝宝思维的活跃性。从现在开始就要强化训练宝宝的自理能力了！让他学会使用厕所，自己穿衣服和鞋袜，并教宝宝与人相处时要注意的事项，以适应集体生活，因为可爱的宝宝就要上幼儿园了。

宝宝人生第1月

宝宝成长进程

经历了漫长的、千心万苦的孕育，你终于将视为自己生命的宝宝迎接到了这个光明、美丽的世界。伴随着一阵响亮的啼哭声，他郑重地向迎接他的亲人们宣告：我来了！

此时的小宝宝，还不能睁大眼睛四处搜寻这个世界的种种新奇。除了偶尔睁开一下眼睛外，其余的大部分时间都是闭着的。不久以后，他眼睛睁开的时间可以稍微长久了些，这时，他通常会被周围色彩鲜艳、对比鲜明的结构或形状所吸引。在宝宝出生的第一个月里，他能看见的范围在 20~25 厘米。这时，他的身长约 50 厘米，一般体重在 3~4 千克。

从宝宝出生到满月这一时期，他的动作发育处于极其活跃阶段。他可以做出许多不同的动作，宝宝的面部表情也逐渐变得丰富起来。有时在睡眠中会做出哭相，撅着小嘴好像很委屈的样子，有时又会出现快乐的、无意识的笑容。这些动作和表情，都是宝宝在吃饱后安详、愉快的表

现。这个阶段的宝宝，皮肤感觉能力要比成人敏感得多。即使是妈妈的一丝头发或其他什么东西刺激到了他的肌肤，他也会以全身乱动或者哭闹来表示他的不舒适。他对冷、热也都比较敏感，会以哭闹的方式向大人表示自己的不满。

此时的宝宝，两只眼睛的运动还不够协调，但对亮光与黑暗的环境都有了反应。他很不喜欢苦味和酸味的食品，如果给他吃，他会表示拒绝，但对甜味比较热衷，很受宝宝的欢迎。这么大的孩子，一天的大部分时间是在睡眠中度过的。他每天能睡 18~20 个小时，其中约有 3 个小时睡得很香甜，处在深睡不醒状态。

早教导言

小宝宝刚刚出生仅 12 个小时，你就会神奇地发现，他已能随着人的呼吸和一些响声扭动着头寻找声源了。尽管这时他的视力还不能看到很远的物体，却能近距离地注视人脸和红色物体，并能随着目标物的移动追视，还能辨别妈妈的声音。这些都充分证明了你的小宝宝对这个世界是敏感的，尽管他还不能做出任何反应。宝宝来到这个世界上，对什么都感到新奇，这就是人性的本能求知欲。他有情感、语言交流的需求以及学习模仿的能力，家长千万不要认为孩子什么都不懂，仅满足于对宝宝日常生活的照料，而忽略了宝宝的精神需求，要多给孩子提供视觉、触觉、听觉、嗅觉等感官的刺激，要多与他进行语言、情感交流，使宝宝能在更好的养育环境中发展其心智。

作为新爸爸和新妈妈，在欣喜之余，更应该肩负起宝宝人生第一位老师的重任，让宝宝变得聪明甚至成为神童。本阶段最主要的启智方法就是多与你的宝宝亲近，让他感受你肌肤的温暖，倾听你那亲切的呼唤。

打造小小演说家
——宝宝语言潜能启智开发训练

悄悄话儿，悄悄说

在宝宝觉醒时，妈妈要多用柔和、亲切的语调和宝宝说些悄悄话。宝宝是先听后说的，最好用普通话反复和宝宝讲话，以刺激宝宝的听觉，让宝宝储存标准的语音信息，有利于发展语言，激发愉快情绪。

妈妈两手抓宝宝小手，一边轻声呼唤宝宝乳名，一边轻轻挥动宝宝小手，或轻声和宝宝说一些家常话。如："宝宝吃饱了吗？""宝宝醒来啦！""今天开不开心呀？"也可以配合语言的节奏，用手指轻触宝宝身体各部位，逗引宝宝。妈妈在与宝宝呢喃细语时应面带微笑，注视着宝宝的双眼，与宝宝的脸相距20~30厘米，能让宝宝看到妈妈脸部丰富的表情。每天至少2~3次，每次2~3分钟。这一时期宝宝对信号的反应须重复多次才能建立。因此，对宝宝说的话要简短，相同的话要多次重复，如"宝宝、宝宝""你好、你好"等。

会"说话"的玩具

妈妈可以准备些不同大小、不同尺寸、不同质地的填充动物玩具，摆放在婴儿床边。要注意放些小一点儿的玩具，以便宝宝可以抓起它们。在宝宝觉醒时，你可以在他的面前一边晃动玩具，一边根据不同的动物玩具变换不同的说话声音和语调，让宝宝倾听不同声音，这时宝宝会感到很高兴。

宝宝，抬抬头

让宝宝俯卧在床上，两手放在头的两侧。妈妈扶着宝宝的头转向中间，喊宝宝的乳名，说："宝宝，抬抬头"，或用色彩鲜艳的、能发出声响的玩具逗引宝宝抬头。让宝宝做抬头练习时，要用手轻轻抚摸宝宝的背部，使宝宝的背部肌肉得到放松，然后让宝宝仰卧在床上休息片刻。注意床面要硬一些，时间不要太长，以免孩子太累。抬头是宝宝出生后需要学习的第一个重要动作，它可以锻炼宝宝颈、背部肌肉，也可以使宝宝扩大视野，从而促进其智力发展。

训练宝宝抬头的方法有很多种。妈妈也可在每次喂奶后竖抱孩子，使宝宝头部靠在妈妈肩膀上，轻轻地拍几下背部，使宝宝打个嗝，以防止溢乳。然后不要扶他的头部，让头部自然立直片刻，每天4~5次，以促进颈部肌力的发展。也可在宝宝空腹时，家长仰卧，将宝宝放在家长胸腹前，这时家长双手放在孩子的背部按摩，逗引宝宝抬头。

1个月的宝宝俯卧时已能自行抬头，下颌离开床面2秒钟；2个月的宝宝，已能做到俯卧抬头离床面45度；到3个月时，宝宝已能做到俯卧抬头离床面90度，成人把宝宝竖直抱起时，宝宝的头已能竖直且平稳了。

拉拉宝宝手

让宝宝仰卧在床上，妈妈握住宝宝的手腕，轻轻地缓慢拉起。孩子的头一般是前倾和下垂的，特别是快满月时，每天可练习2~3次，有时宝宝的头可竖起片刻。此游戏既可锻炼宝宝的臂力，也可锻炼他的颈部和背部肌力。

宝宝踏步走

妈妈将两手掌紧贴于宝宝两脚掌上，以其中一手向前推，另一手放松，双腿交替进行，并反复说"蹬蹬腿，一二一；蹬蹬腿，一二一"，宝宝两条腿像是在原地踏步走。妈妈也可用双手托住宝宝腋下，慢慢将宝宝扶起呈站立状，此时的宝宝，双脚有自然的行走反射，会做协调的迈步动作，妈妈带宝宝向前用力便可使宝宝"行走"，同时也喊口令："走走走，一二一。"

通过辅助宝宝做双腿活动，训练其肢体的灵活性，可为日后大动作发育打好基础，并能促进其认知、感知发育及神经肌肉协调。

宝宝小手抓一抓

为宝宝准备一些不同手感的小玩具，如布娃娃、小积木、小瓶盖、塑料小球、海绵、绒布条等，其目的是发展触觉和手的抓握功能。

把各种不同质地的玩具放在宝宝手中，让宝宝抓握，然后告诉宝宝他手中抓的是什么。如果宝宝还不会抓握，可以轻轻地从指根到指尖抚摸他的手背，使宝宝的小手自然张开，然后将玩具放入宝宝手中，并握住宝宝的手，帮助宝宝抓握。1个月大的宝宝可握笔2~3秒。宝宝2个月时，你会惊奇地发现，宝宝已会主动将手放在嘴里。这一动作的出现，标志着宝宝手部的精细动作开始快速发展。等宝宝长到3个月时，若将玩具放入宝宝手中，他已能抓握30秒钟，还可以双手互握了。

尽情展示宝宝的才艺
——宝宝艺术潜能启智开发训练

和妈妈一起听音乐

妈妈在给宝宝喂奶，或者宝宝在吃饱喝足、清醒安静地躺在床上时，播放一段旋律优美、舒缓的乐曲，最好是胎教时播放的音乐。这时，妈妈可与宝宝一同选一个最舒服的体位，面对面抱或同向侧卧都可以，与宝宝一起聆听美妙的乐曲声。利用优美、动听、舒缓的音乐，来丰富宝宝的听觉感受，训练宝宝的乐感与注意力，激发宝宝的愉悦情绪。

世界尽在我掌握
——宝宝观察、创造潜能启智开发训练

此时无声胜有声

宝宝清醒安静的时候，妈妈在宝宝正前方20厘米左右，宝宝会紧盯着你的脸和眼睛，当你们的目光碰在一起时，妈妈可慢慢移动自己，使宝宝的目光能追逐过来。妈妈这时无需说话，只需与宝宝对视，做出各种丰富的面部表情，如张嘴、呲牙、伸舌、鼓腮、微笑等，进行无声的语言交流，这个游戏可以训练宝宝观察、注视及模仿能力，促进其注意力的建立和创造能力的开发。

多彩的世界

在宝宝的房间四壁，张贴色彩鲜艳的儿童画或风景画。妈妈可经常抱宝宝靠近不同的位置，让宝宝能从不同的角度去观察这个多彩的世界。也可在宝宝的婴儿床上方1.5米处，悬挂一些五颜六色的充气玩具、旋转风铃等，位置可经常变动。让宝宝生活在一个多彩的空间里，为宝宝提供丰富多彩的动、静环境，培养其对生活的细微观察能力，促进其视觉的发育和创造力的发展。

乖宝宝讲卫生

要让宝宝从小养成爱清洁、讲卫生的良好习惯。妈妈每次给宝宝哺喂完，都要帮他擦擦嘴。每天早晨起床后，都要为小宝宝洗脸、洗手，睡觉前再给他洗脸、洗手、洗脚、洗臀部，在固定的时间洗澡等。让孩子成为讲卫生的乖宝宝，可不是一朝一夕的事情，必须从小慢慢养成。

看看外面的世界

在风和日丽的日子，把小宝宝抱到室外，让他观察一下眼前出现的人和事物，并缓慢、清晰、反复地说给他听。这时宝宝会兴致勃勃地东看西看，目不暇接。开始时，每次2~3分钟，以后逐渐增加至15~20分钟，可结合日光浴、空气浴一同进行。

爱的拥抱

每一次抱起宝宝，同他说话，都会使你们之间建立一种信任关系。宝宝会渐渐熟悉你说话时的语调，你拥抱他时臂膊的力量。你每次拥抱他的方式，对他讲的事情以及说话时的语调应保持一致。不久，宝宝就会咿咿呀呀地学语，并朝你微笑。这是他传递爱的方式，也是他学会与人交往的良好开端。

温柔的抚摸

宝宝出生后，触觉极为灵敏。你暖暖的怀抱和轻柔的手都会令他感到安心和舒适。来吧，趁宝宝睡醒了，给他来个"婴儿按摩"。

把宝宝放在大床上，脱去他的衣服。在你的手心倒些婴儿乳液，双手互搓使乳液温热。按摩顺序：宝宝的脖子——肩膀——沿手臂向下——双手——背部——屁股——腿——脚。要掌握好你用力的分寸，不能太重，也不能太轻，要让宝宝感觉到你的温存。给宝宝翻个身，手上多涂些婴儿乳液，再来一次吧！在为宝宝哺乳、洗澡的时候，你都可以随时随地为宝宝按摩手和脚。即使不用婴儿乳液，也没什么大不了的，要知道，宝宝最喜欢的是你温柔的抚摸！

宝宝心语

妈妈，我喜欢你温柔的话语。当我醒着的时候，愿意和妈妈、爸爸在一起，我会不厌其烦地做你们最忠实的小听众，不要长时间不理我啊！宝宝也怕寂寞的。妈妈，你知道吗？我好喜欢被你抱在怀里的感觉，妈妈那咚咚的心跳声，是多么的熟悉和亲切呀！只要一听到这熟悉的声音，我就不再感到寂寞和不安了。

早教贴心提示

手是大脑的老师

手不仅是动作器官，而且是智慧的来源。多动手，大脑才能聪明。切不可怕宝宝抓脸便给他戴上小手套，或捆起来不让动。作为家长，应该创造条件，在不同生长发育阶段，让宝宝充分地去抓、握、拍、打、敲、叩、击打、挖、画……这样才能使宝宝心灵手巧。手部动作的发展是儿童智力发展的外部标志，他们的敲、丢、扔、捡、碰、推和拉都是在学习，在为将来的创造性活动积累经验，奠定基础。

宝宝人生第2月

宝宝成长进程

　　第2个月的小宝宝，从外貌上来看似乎长大了许多。他在本月仍以出生后第一个月的生长速度继续生长。这个月里宝宝的体重将增加0.7~0.9千克，身长将增加2.5~4厘米，头围将增加1.25厘米。他的双手从紧紧握住的小拳头逐渐变得松开了。这时，你如果递给他一个小玩具，他可能会抓握片刻，但这还完全是无意识和无目的性的。当妈妈要给他喂奶时，他则会立即做出吸吮的动作。

　　宝宝仰卧在床上，大人稍拉其手，他的头也可以自己用些力气，努力地向上挣起，完全是后仰了。当他俯卧时，已能抬头，脸和桌面的夹角大约为45°。直着抱起宝宝，他的头能短暂竖起。扶着腋下把宝宝立起来，他就会举起一条腿迈一步，再举起另一条腿迈一步，这种踏步现象是一种原始的条件反射。到6个月时，他的下肢才能够支撑得起他的体重。

此时的宝宝对 30 厘米以外的物体仍然不能看清楚，但能密切关注着 30 厘米以内的任何东西。他能注视物体了，紧盯着物体，似乎要用眼神把东西抓住。尤其是对于红色的物品，他会表现出极大的喜悦。对周围环境也更为警觉，有了更多、更明显的应答，会四下观看，会朝着有声音的方向和移动的东西看。相对于物体他更喜欢人，喜欢安静地注视人的面孔或有人声传来的地方。宝宝对熟悉的音乐也有表情，有些乐曲会引起宝宝快乐而四肢舞动，如蹬腿、摆动上肢。当然，这时的宝宝更喜欢听父母唱歌，尤其是父母伴随唱歌时的动作。

宝宝还能辨别不同的味道，对难吃的食物表现出明确的厌恶和拒绝，对难闻的气味也会有目的地逃避。

宝宝也有了情绪和语言。当有人逗引他时，宝宝会发笑，并能发出"啊"、"呀"的语声。当听到有人与他讲话或有声响时，宝宝也会认真地侧耳倾听，还能发出"咕咕"的应和声。如果小家伙不高兴，发起脾气来，哭声也会比平常大得多。这些都是宝宝特殊的语言，他在用这种特殊的表达方式与家长进行情感交流，希望家长能对他的要求做出回应。

2 个月的宝宝在睡眠上，较第 1 个月时缩短了些，一般在 18 个小时左右。白天宝宝一般睡 3~4 觉，每觉睡 1.5~2 小时，夜晚睡 10~12 小时。白天睡一觉后，可持续活动 1.5~2 小时。

早教导言

本阶段的宝宝对自己的小手似乎十分钟爱，他总爱将小手放在口中津津有味地吮吸，乐此不疲，感到极大的满足。当他的小手可以握住物体时，也总是将手里的东西送进嘴里。手指是人类"智慧的前哨"，人类都是通过手指的活动来实现生活的目的，所以要多给宝宝提供触摸物体的机会。

聪明的小宝宝从出生第 2 个月起，就对父母的话开始有反应了，特别喜欢听妈妈的声音。如果父母对着他讲话，重复多次说话逗引他，小宝宝就会跟着啊啊地"说"起来，所以做父母的要有意识地培养和启发小宝宝的语言功能。更让人惊讶的是，此时的宝宝已经懂得了谈话的方式。当妈妈用抚慰的口气温柔地和他说话时，他显得安然和恬静；如果语气粗暴或过于大声、严厉，他则会显得不安和委屈。所以父母在对宝宝进行语言潜能的开发训练时，也要注意说话的方式和口气，敏感地对待宝宝最初的情绪体验，尽量细心和耐心地与宝宝打交道，以此来培养宝宝良好的情绪和性格。

2个月的宝宝，早教的重点是开始锻炼手指和抬头。练习抓握，锻炼手脑的协调能力；多进行抬头仰望，锻炼颈椎、脑、背的肌肉。

开心·妈妈早教妙招

打造小小演说家
——宝宝语言潜能启智开发训练

听妈妈讲故事

在宝宝觉醒安静的时候，妈妈可用舒缓亲切的语调，面对面为宝宝讲一些简短而有趣的小故事。也可为宝宝说唱儿歌，比如"小燕子"、"小白兔，白又白"等。妈妈在讲故事或念儿歌时，一定注意表情要丰富。尽管此时他还听不懂，但对促进亲子感情、培养聆听习惯、学习发音、感受情感，以及为日后学习说话打下好的基础。

宝宝，张张你的小嘴

当宝宝清醒安静时，妈妈坐在床边或抱起孩子。当宝宝注视妈妈的脸后，妈妈伸出自己的舌头，每 20 秒钟一次，慢慢地重复伸出舌头，大约 20~30 秒钟后，宝宝也能将舌头伸出嘴外，如果不成功可重复进行。同样，如果将伸舌改为张嘴，宝宝也能模仿。通过伸舌、张口等模仿训练，可促进宝宝对自己口舌的使用，为日后学习说话及自我认识打好基础。

妈妈的声音真好听

你对宝宝说得越多，他就会越早步入呀呀学语阶段。所以，不要认为他听不懂，就对他保持沉默不语。生活中的话题是无处不在的，你要把他实实在在地当成家庭的一分子，当成一个忠实的听众，他会不厌其烦地倾听你亲切的话语。

让宝宝动起来

——宝宝运动潜能启智开发训练

握持玩具

将宝宝手指轻轻掰开，拿拨浪鼓、摇铃或颜色鲜艳的充气玩具放在宝宝的手中，宝宝自然会紧紧握住。但注意玩具应无毒，最好呈环状，即便宝宝放在嘴里也无妨。如玩具能带响声则更好，可同时增加宝宝的听觉刺激，并使其感知手动与声响有关联。通过让宝宝握持玩具，可促进其触觉及手指功能，为日后精细动作的发育打好基础。

坐起来看世界

妈妈坐在高度适宜的沙发上，使躯干与大腿基本成直角。将宝宝以相同的方向和姿势叠坐于妈妈的大腿上，妈妈躯体轻轻后仰，让宝宝靠在上面，这样宝宝颈部、腰部基本不需受力就可坐起来。坐起来的宝宝，视野更加开阔了。这时，你会发现宝宝好奇的眼睛简直不够用了。通过给宝宝以坐姿，不仅可以为以后学坐打好基础，还可扩大其视野，促进其智力发育。

妈妈的纱巾

妈妈用三角纱巾围在自己的颈部，纱巾两端会向前胸垂下，然后屈身面对仰卧在床上的宝宝摇动纱巾末端，逗引他注视并伸手触摸。如果宝宝触摸到纱巾，妈妈应高兴地鼓励宝宝用手去抓纱巾。这时的宝宝手眼还不能协调抓物，妈妈可用纱巾去接触他的手，并有意帮助他抓住。当他抓住时，对他微笑，表示赞赏，并称赞他说："宝宝多能干！"让他抓着纱巾继续玩。多次游戏后，他就会主动去探索纱巾的位置，并用手触摸。此游戏可促进宝宝的手眼协调。

尽情展示宝宝的才艺
——宝宝艺术潜能启智开发训练

妈妈唱，宝宝听

妈妈与宝宝说话时应用儿语，用那些高声调、有节奏感，像唱歌一样的语言对宝宝说话。还可经常对着宝宝唱歌，民歌、儿歌或者你喜欢唱的任何歌曲，凡是内容健康、有节奏感、优美、欢快的歌曲，无论唱得好坏，宝宝都不会计较。只要是妈妈唱的歌，对于宝宝来说，都是最美妙的。即便是睡前的摇篮曲，也会使宝宝愉快。在听音乐时，你可以随音乐的拍子、节奏和旋律，摇、拍、抚摸宝宝。一些宝宝喜欢轻轻地哼唱或抚摸，而另一些宝宝则喜欢欢乐的歌曲与舞蹈。你的宝宝可能在不同的场合喜欢不同类型的歌曲，你还可以选择他喜欢的旋律，和宝宝一起随着节拍起舞。

世界尽在我掌握
——宝宝观察、创造潜能启智开发训练

多逗宝宝笑一笑

2 个月的宝宝对声音更敏感，可发出"啊、欧、呜"等声音，喜欢有人与他进行视听交流，所以父母亲要经常逗宝宝笑一笑。大人逗乐是一种外界刺激，宝宝以笑来回答，是宝宝第一个学习的条件反射，越早出现逗笑的宝宝越聪明。抱着宝宝轻轻地前后摇摆，用示指轻轻地抚摸他嘴角的皮肤，当宝宝朝你微笑时，一定不要忘了表扬他，并让他知道这样使你有多开心。不断重复这一游戏。当你抚摸宝宝的脸时，你可以说"一二三、笑一笑"。

让宝宝知道"我是谁"

给宝宝起个乳名，全家人统一叫法。在宝宝清醒安静时，呼唤宝宝的名字，并逐渐在宝宝的侧面、背后呼唤他，宝宝会做出侧头、回头寻找的反应。同时，在与宝宝进行每项活动时，都可呼唤他的名字，如"贝贝吃奶了"、"贝贝洗澡了"、"贝贝穿衣服了"等等。通过不断地呼唤宝宝的名字，让宝宝认识到"我是谁"，促进其对角色的认知。

宝宝追视妈妈

在宝宝清醒安静时，妈妈在宝宝正前方约 30 厘米处，当宝宝发现目标并注视时，妈妈可慢慢移动自己，使宝宝目光能追视过来。妈妈始终是微笑的、亲切的，并轻声与宝宝"说话"。也可用红绒球、色彩鲜艳的图片等交替进行。每天 3~4 次，每次 1~5 分钟，要逐渐使宝宝注视的时间延长，追视的角度增大。由眼球移动追视，到转头进一步追视。以此来训练宝宝注视、追视的能力，促进其注意力的建立。

闻闻香不香

嗅觉的灵敏能提高脑部对气味的灵敏度，使大脑的运动更加活跃，所以要在平时的生活中，多对宝宝进行嗅觉能力的锻炼。宝宝在出生后1周内嗅觉还不灵敏，但1周后嗅觉明显增强。这时，你可采用一些游戏的方法来对其进行锻炼。比如，妈妈烧好菜后，让宝宝闻闻，问他："香不香？"；用香皂洗手时，也可将香皂放在宝宝鼻子前面让他闻一闻；花开了，抱宝宝在花前闻一闻，这些都对宝宝的嗅觉发展具有良好的刺激作用。

小鬼也能当大家
——宝宝生活、交注潜能启智开发训练

看爸爸，看妈妈

妈妈把头朝向宝宝，对宝宝微笑，并告诉宝宝："我是妈妈！"让宝宝看看妈妈，同时可小幅度的摆动头部，看宝宝的眼睛，亲亲宝宝的小脸蛋。爸爸最好每天也能和宝宝做同样的游戏，让宝宝感受并分辨妈妈和爸爸的微笑、脸部表情以及声音。父母与宝宝的亲子对视，能让宝宝产生安全感和依恋感，让宝宝在充满安全感的环境中成长。

最好的舞伴

听着简单、快乐、轻松的乐曲，并亲切、诚恳地问宝宝："我可以请你跳个舞吗？"然后在他耳边轻轻哼着歌，同时一只手托着他的头部，一只手抱着他的背部，随着音乐向前向后晃动宝宝的身体，一起与他翩翩起舞。别忘了在曲子结束时，要向他表示感谢。这可让宝宝增加乐感的同时，获得情感上的愉悦，有利于宝宝更好地学会与人交往。

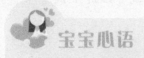
妈妈，你给我戴的小手套可真漂亮，可我不喜欢戴它。我的小手喜欢四处抓一抓，摸一摸，体验不同的感觉。妈妈，不要怕我挠自己的脸蛋，给我脱掉小手套吧！

早教贴心提示

"音乐浴"有助于宝宝智力开发

音乐能调节人的大脑功能，提高宝宝的思维能力和想像能力。常听音乐不仅能帮助宝宝增强和恢复记忆力，还可以陶冶其美好心灵，培养高尚的情操，给人以鼓舞和力量。日本幼儿开发协会的母亲们曾做过试验：当她们的孩子出生时，其容貌和神态与普通婴儿无异，然而在他们听了四个月的莫扎特小夜曲之后，其表情和动作比别的孩子显得活泼些，眼睛特别亮，很有神，容貌也显得更漂亮些。

经常进行音乐熏陶的宝宝会有以下特点：不怕生人，总是笑眯眯的，说话较早，脸蛋秀丽可爱，眼神聪慧明亮，左右脑综合发展，长大后智商高、情商好，创造性强，而且在品行上很少有劣迹，他们会变得更善良，道德上更纯洁。

对宝宝进行音乐训练，应贯穿在日常生活当中，如唤醒、哺乳、睡眠等，都可用音乐来刺激宝宝。唤醒宝宝时，可以选用较为轻快、活泼的音乐，播放时音量从小慢慢放大，待宝宝醒来后，音乐可持续一段时间再停止播放；给宝宝乳哺时，可辅之以悠扬的音乐，这样能刺激宝宝的食欲；引导宝宝入睡时，可选用舒缓的《摇篮曲》，音量要逐渐放小，待宝宝入睡后，再徐徐消失。这些音乐的选用和编排，应当相对固定，以便让宝宝形成有规律的条件反射。倘若宝宝在无病痛啼哭时，你也不妨试着用音乐去安慰他，此时可按音乐的旋律和节奏摇晃宝宝。但值得注意的是，对宝宝进行"音乐浴"时，一定不可用爵士乐或流行的摇滚乐，而应选用古典音乐及欧美名曲，且音量应小于成年人适宜的音量。

宝宝人生第3月

宝宝成长进程

宝宝出生后的前3个月是体格发育最快的时候，它以体重每月增长约1千克，身高每月约4厘米的速度飞快地增长着。到宝宝满3个月时，身长较初生时增长约1/4，体重已比初生时增加了将近1倍。

宝宝的各项能力发展得也很快。这时，直着抱起宝宝，他的头已能基本居中稳定；当他躺着时，头能跟随自己的意愿转来转去，眼睛也能随着头的转动而左顾右盼；俯卧时的宝宝，头已经可以稳稳当当地抬起，下颌和肩部可以离开桌面，前半身可以由两臂支撑起。躯干伸展，能靠手脚的运动转动身体。这时，如果大人稍稍协助一下，他则能翻到仰卧的姿势。

在这个月内，宝宝早期曾有过的一些条件反射将逐渐消失。反射消失后，他可能暂时缺乏活动，但他的动作将变得更加细致和有目的性，稳定地朝着成熟的方向发展。到这个月末时，他甚至可以用腿从前面向后面踢自己。但此时，他的手眼还不协调，显得很笨拙，常常够不到玩具。大人扶着宝宝的腋下和髋部时，宝宝能够坐着。

宝宝在语言上又有了进一步的发展。当逗引他时，他会非常高兴并发出欢快的笑声。看到妈妈时，脸上会露出甜蜜的微笑，嘴里还会不断地发出

"咿呀"的学语声，似乎在向妈妈诉说着知心话。

3个月的宝宝开始对颜色产生了分辨能力，对黄色和红色最为敏感，见到这两种颜色的玩具很快能产生反应，对其他颜色的反应要慢一些。他已经能认识自己的奶瓶了，一看到大人拿着它，就知道要给自己吃饭或喝水了，会很满足地安静等待着。

宝宝在听觉上的发育进展也很快，他已具有一定的辨别方向的能力，听到声音后，头能顺着响声转动180度。

早教导言

3个月宝宝的世界是一个感知的、微笑的、品尝的和触摸的世界，这个世界是由舒服或不适，温暖或寒冷，干燥或潮湿、饥饿或饱腹、安全或危险等组成的。此时的宝宝是不甘寂寞的，当他醒来时，不仅需要你去抱他、亲吻他，而且还希望你和他进行交流，逗引他。高兴时他能咯咯笑出声了，还能用"啊"、"呜"等声音和你"说话"。所以，妈妈一定要尽量满足宝宝的愿望，多和宝宝说说话，与他进行情感上的交流和沟通，这不仅有利于增进亲子间的感情，使宝宝拥有一个良好的情绪和性格，更是促进宝宝语言能力发展的基础。

宝宝仰卧时，两眼已能跟踪来回走动的人，并且能短暂地集中注意力，开始会寻找从视野中突然消失的物品。基于发育上的这些特点，本月可经常和宝宝做一些"找小铃""追视妈妈"之类的游戏，以促进宝宝注意力的建立和大脑更好地发育。

此时的宝宝开始意识到自己的小手，一个人无聊时，他会将两手放在胸前自己玩耍。有时也会仔细地端详自己的小手，宛若在欣赏一件精美绝伦的艺术珍品。手的张合和抓握也更加随意了。给宝宝提供各种材质的小物品，使其练习抓握，是本月早教的重点。

开心·妈妈早教妙招

打造小小演说家

——宝宝语言潜能启智开发训练

歌唱宝宝

宝宝舒适地躺在床上，让他可以看到你的脸。选一首你熟悉并喜欢的歌曲，比如《摇篮曲》，并以舒缓的歌声吸引宝宝。适时在歌曲中加入宝宝的名字。为宝宝唱歌的时候，要注意观察他的表情，他很快就会明白，你唱出了他的名字。他会很高兴地听你为他歌唱。你可以在任何其他歌曲里也加入宝宝的名字。这首歌你可以随时唱给宝宝听，哄宝宝睡觉的时候、逗宝宝开心的时候，或是你想唱的时候，以此来培养宝宝的语感及倾听能力。

让宝宝动起来

——宝宝运动潜能启智开发训练

踢·小·铃

让宝宝仰卧在床上，用小铃触碰宝宝的脚底，使小铃发出声响。然后边说"蹬蹬脚"，边让宝宝用脚踢蹬小铃。当宝宝踢到小铃时，爸爸妈妈要及时给予鼓励："宝宝真能干，把小铃踢响了！再踢一下。"鼓励宝宝多踢几次，让小铃发出声响，让他逐步发现蹬腿的动作与铃响之间的关系。如果宝宝踢到小铃听到铃声后，表现出兴奋的情绪，说明宝宝已体会到自己的动作可以带来某种效果。

宝宝学游泳

宝宝一般都非常喜欢在洗澡时玩水。当宝宝情绪愉快时，你可以引导宝宝："宝宝来学游泳吧！"拿起宝宝的小手轻轻地、有节奏地拍水。你还可以不时地发出"嘭嘭"的声音，引导宝宝自己拍水玩。在宝宝的浴缸或浴盆里放一些能漂浮的玩具，让宝宝碰碰玩玩。让他感受到水的流动，愿意接近水，在游戏中激发宝宝愉快的情绪。

两只小鸟斗斗飞

妈妈握着宝宝的手腕或握着宝宝的小拳头，帮助宝宝立起双手示指，让宝宝的两个示指指尖接触，再分开，可以配合音乐的节奏做分、合的动作，以提高宝宝练习兴趣。随着指尖的分合，妈妈说："斗斗、斗斗飞……斗斗、斗斗飞！"此游戏可训练宝宝手指的灵活度，为日后的精细动作做准备。

摇摇小铃铛

将铃铛或拨浪鼓置于宝宝手中，妈妈一边握着宝宝的手臂轻摇，一边说"摇摇摇"、"咯棱咯棱"，并鼓励宝宝自己摇。开始宝宝可能不摇，过一会儿可能会无意将铃摇响，此时应马上给予鼓励，宝宝逐渐便学会主动去摇响铃铛了。

尽情展示宝宝的才艺

——宝宝艺术潜能启智开发训练

跳个"小手舞"

在宝宝心情愉悦时，为宝宝重复地播放某一段音乐。在播放第一遍乐曲时，让宝宝静静地听；播放第二遍时，妈妈抓住宝宝的小手，随着音乐的节奏跳"小手舞"，如"手摇摆"，"上下拍手"等。如果音乐是欢快的，动作可以随着节拍欢快些；如果音乐是轻柔而舒缓的，动作也可以轻柔缓慢些。让宝宝感受不同乐曲的曲风特点，以此来启发宝宝的艺术潜质，丰富宝宝的想像能力。

世界尽在我掌握
——宝宝观察、创造潜能启智开发训练

宝宝的小铃呢

游戏前妈妈先在宝宝眼前摇动小铃，让宝宝认一认，然后在宝宝头部的一侧摇铃，边摇边说："小铃呢?"节奏时快时慢，音量时大时小，让宝宝转过头来寻找声源。找到以后让宝宝摸摸小铃，表扬宝宝"真能干"。并亲亲宝宝、抚摸宝宝，以示鼓励。然后再不断调整小铃的位置，逗引宝宝从不同的方向寻找小铃。通过小铃的逗引，来提高宝宝对声音的敏感性，刺激宝宝的听力，从而促进大脑更好地发育和完善。

小手小脚动一动

拿一根细绳，一端系在宝宝手腕或脚腕上，一端系在玩具上。将玩具吊在宝宝眼前约 20 厘米处，使宝宝舞动手脚时，会带动玩具来回移动和发出声响。当宝宝熟悉这种游戏后，你可以同时悬吊几种会发出声响的玩具，使宝宝只要拉动其中一个玩具，就会使玩具相互碰撞，发出各种不同的声音。此游戏可让宝宝初步

体会到，自己的行为会给外部事物带来某种变化。游戏过程中，你可以不时地对宝宝进行语言刺激，如告诉宝宝"宝宝看，小鸟在飞了""小马向你跑来了"等，使宝宝进入良好的情绪状态，以激发宝宝的好奇心和主动探索的愿望，促进宝宝想像力的发展。

小·虫虫飞

抱着宝宝看着他的眼睛，慢慢晃动你的示指，放在他眼前以引起他的注意。当你吸引他的注意力时，摇动着手指向左边移动并观察他的眼睛是否也跟着移动，再移到右边，观察他的眼睛是否也跟着动。你一边摇动你的手指，一边说："小虫虫，虫虫飞。"刚开始，宝宝跟着你的手指持续很短的时间，但如果每天坚持练习，你就会发现他在不断地进步。此游戏可锻炼宝宝注视和观察能力。

漂亮的羽毛

准备各种颜色的羽毛，在宝宝的身体上从上至下轻轻滑动。你可以一边滑动，一边配合语言提示："漂亮的羽毛划到宝宝的小耳朵上了……现在划到小胳膊上了……又划到宝宝的小脚丫上啰！"这个游戏可以丰富宝宝的触觉刺激，此外羽毛的缓慢移动也可以锻炼宝宝的眼球控制能力和观察能力。

火箭发射演习

将红气球吹大，然后松开气球，气球就会像火箭一样快速地伴着声音飞出。宝宝会听着气球声，眼光追随红气球。此游戏可以锻炼宝宝的观察力和注意力。

小小美食家

准备食醋、橘子汁、菜汤、牛奶、糖水、稀饭汁。在两次喂奶中间宝宝清醒安静时，用筷子将上述食物中的一种滴入宝宝口中，并描述其味道："好酸好酸"、"啊，好香啊"、"好甜啊"、"好咸啊"等等，让宝宝感知各种味道，并适应各种口味，为日后添加各种辅食做好准备。但注意味道不要太浓，原料、容器必须清洁卫生，量仅需一滴或几滴，只是尝味而非喂食，每次结束后喂食少量白开水。每天或数天进行一次，每次仅一种食物。通过让宝宝品尝各种味道，可促进其味觉感知发育，为日后接受各种食物打好基础。

小宝贝"等一等"

让宝宝知道妈妈时刻都在关心着他，但要学会等待。当宝宝哭时，妈妈一定要马上做出反应，比如对宝宝说："怎么了，宝宝，是饿了吗？等一等，妈妈一会儿就来给你喂奶。"等待的时间可由宝宝 1 个月时的数秒钟延长到 1 岁时的 1 分钟或数分钟。中间可不停地说"等一等，这就来"。宝宝等待的时间长度应循序渐进，如果一开始让宝宝等的时间太长，宝宝就会认为"等一等"就是不来管我了。

拥抱和触摸

你可以在给宝宝喂奶时，轻轻地抚摸着他的头、小手、脚丫，这可使宝宝心情愉悦而增进食欲。当你抱着他时，也可以把宝宝的小手放在你的脸上，让他的手触摸你的鼻子、嘴、头发和眼睛。皮肤是婴儿感觉外界和认识亲人最好的感觉器官，家长应尽可能多地给予关注。你还可以轻轻地抚摸他的手，轻拍他的胳膊，同他低声细语。这温暖的拥抱和温柔的触摸，对宝宝的情绪可起到稳定和促进作用。

宝宝心语

　　妈妈，我想看看外面的世界。那蓝的天、绿的草和各种色彩鲜艳的花，会促进我的大脑发育，使你的宝宝更聪明。多带我出去走走吧，不要让我总是闷在家里！

早教贴心提示

用缤纷的色彩打造聪明宝宝

　　孩子的身心健康会受到周围环境色彩的微妙影响吗？答案是肯定的。国外学者新的研究成果表明：一个在五彩缤纷环境中成长的孩子，其观察、思维、记忆的发挥能力都高于普通色彩环境中长大的孩子。反之，如果让婴幼儿经常生活在黑色、灰色和暗淡等令人不快的色彩环境中，则会影响大脑神经细胞的发育，使孩子显得呆板，反应迟钝和智力低下。因为不同的颜色会使人的心理产生不同的效应，所以，颜色在一定程度上还能左右人的情绪和行为。一般来说，红、黄、橙等颜色能产生暖的感受，是暖色。暖色有振奋精神的作用，使人思维活跃、反应敏捷、活力增加。而绿、蓝、青等颜色能产生冷的感觉，是冷色。冷色则有安定情绪、平心静气的特殊作用。所以，给孩子布置一个适合他身心发展的多彩世界非常重要。

　　对那些脾气不太好的孩子，可以将他的房间布置成冷色，如绿色，能使孩子情绪稳定。如果你的孩子不太活跃，那就把他的房间布置成暖色，以激发他的活力。一般来说，孩子的卧室应以冷色为主，这样孩子容易安心入眠；而活动室和用餐间则应以暖色为主，这样可以增进孩子的活力和增加食欲；孩子的学习环境的颜色最好不要太杂，过多的颜色容易使他分心。

在孩子还小的时候，爸爸妈妈也应该多抱孩子到室外去"见见世面"。让宝宝看看蔚蓝的天空，漂浮的彩云，五颜六色的鲜花……使宝宝从小接触绚丽多彩的颜色，能给宝宝产生良好的刺激，促进宝宝大脑发育，使他更加聪明、机敏。

宝宝人生第4月

宝宝成长进程

当宝宝长到 4 个月的时候，头看起来仍然较大，这是因为他头部的生长速度比身体其他部位要快的缘故。不过，他的身体生长速度很快就可以赶上。这个时期，宝宝的增长速度开始稍缓于前 3 个月。有出牙早的宝宝已长出 1~2 颗门牙。此时宝宝的涎腺正在发育，所以会经常有口水流出嘴外，还出现了吸吮手指的嗜好。

当你将宝宝抱在怀里时，他的头已能稳稳当当地直立起来。俯卧时，能把头抬起并和肩胛成 90°。扶着腋下他还可以站立片刻。此时宝宝做各种动作的姿势也较以前熟练了，而且能够呈对称性。有时，他会自主地屈曲和伸直腿，好像自己能够站立似的。随后他会尝试弯曲自己的膝盖，似乎发现自己可以跳起来。拇指较以前灵活多了，手眼的协调动作也开始发生，当摇动手中的拨浪鼓时，他会好奇地注视着。平躺时，他会抬头看到自己的小脚。趴着时，会伸直腿并可轻轻抬起屁股。此时，他还不能独立坐稳。他对小床周围的物品都十分感兴趣，有时会把自己的衣服、小被子抓住不放手。

这个时期的宝宝在语言发育和感情交流上进步较快。在他高兴时，会大声笑，笑声清脆悦耳。当有人与他讲话时，他会发出咯咯咕咕的声音，似乎在跟你对话。咿呀作语的声调变长，可发出一些单音节，而且不停地重复……

4个月的宝宝对周围的事物有了较大的兴趣，喜欢和别人一起玩耍。当他听到街上或电视中有儿童的声音，他也会扭头寻找。随着宝宝的长大，他对儿童的喜欢也会增加。他已经开始分辨他生活中的人，能识别自己的母亲和面孔熟悉的人以及经常玩的玩具。

早教导言

4个月的宝宝开始远离整日睡觉的日子，对周围环境更感兴趣了。他可以坐在妈妈的膝盖上自己拿着玩具玩。有些小宝宝已经能自己翻身，看到有兴趣的东西，便会自己伸手去拿来握着、摇着或放在嘴里舔舔，这些都是宝宝开始认识世界的方式。所以，父母要多给孩子提供能够用来动手、动脑的物品和机会，让宝宝在不断地在摸、敲、拍、打、抠、捏中认识和了解这个世界。

对4~5个月的宝宝来说，看不见就等于不存在。东西一旦从宝宝的视野中消失，即使它曾带给宝宝快乐，也很快会被宝宝遗忘。但，妈妈走开了，会引起宝宝的惊慌，因为宝宝以为"妈妈消失了"。本月你可以经常跟宝宝做一些"妈妈在哪里"之类的游戏，以锻炼宝宝的观察、记忆能力以及果敢的品质。

本时期还应训练大动作的灵活性，及视、听觉与头、颈、躯干、四肢肌肉活动的协调性。这是大脑、五官与全身动作协调的关键，它对一个人一生的学习、工作都是非常重要的。

打造小小演说家
——宝宝语言潜能启智开发训练

三字儿歌

当宝宝清醒安静时，妈妈可为宝宝说儿歌，此时宜选一些简单通俗、容易听清、读起来又朗朗上口的三字儿歌，如"小白兔，白又白，蹦蹦跳，真可爱"。妈妈也可以自编儿歌，如"小宝宝，真听话，吃饱了，笑哈哈"，你可以边说儿歌边有节奏地晃动宝宝，或抱着宝宝有节奏地走动，最后一句应逗宝宝开心地笑。通过为宝宝诵读儿歌，以培养其对语言的敏感性，愉悦情绪，增进亲子间的感情，为宝宝学说话打基础。

让宝宝动起来
——宝宝运动潜能启智开发训练

来，蹬蹬妈妈的手

让宝宝仰躺在床上或者地毯上，妈妈搓摸宝宝的脚心，按捏宝宝的脚掌，和宝宝说话、逗笑，让宝宝的情绪兴奋起来。这时，妈妈的两只手掌分别贴在宝宝的脚掌上，稍用力推按宝宝的脚掌，宝宝就会反射似地蹬回来。单脚和双脚轮流，可多次重复，此游戏可锻炼宝宝腿部的肌肉及大动作的灵活性。

滚来滚去，宝宝翻身啦

让宝宝仰躺在床上或者地毯上，妈妈在宝宝的侧面，用双手轻轻地推滚他的身体，"滚过来滚过去，宝宝翻身啦！"宝宝会很开心地笑。你也可以抓住宝宝的双脚，提右脚朝前横跨过左脚，或提左脚朝前横跨过右脚，使其触及床或着地，让宝宝的身体慢慢跟着翻过去，然后转身成趴的姿势。刚开始宝宝可能一时翻不了身，妈妈可以助宝宝一臂之力，经常做这样的练习，可以帮助宝宝提早学会翻身。

抓一抓，打一打

将玩具置于宝宝面前手可及处，晃动并使其发出声响，宝宝此时会高兴地手舞足蹈。妈妈可拿宝宝的手去打、抓玩具，并鼓励宝宝自己动手去打、抓玩具。通过这个游戏，可促进宝宝手眼协调及手指功能的发育。

宝宝抓住了

在桌上放一种玩具，把宝宝抱到桌前，让宝宝练习抓握玩具，并教宝宝玩法。如：宝宝抓住了小球，就告诉他这是"小球"，并抓着宝宝的手，把

小球滚出去。每次在桌上放一种玩具。宝宝会玩这种玩具后，再更换一种玩具。一开始，宝宝可能还不会准确地抓握住玩具。大人可以根据宝宝的能力，先让宝宝练习抓握体积大一点的玩具，并根据宝宝抓握时的表现，调整玩具与手之间的距离，甚至当宝宝在抓握玩具有困难时，将玩具放到宝宝的手中，让宝宝获得成功，以激发宝宝练习抓握的兴趣。

尽情展示宝宝的才艺

——宝宝艺术潜能启智开发训练

爸爸的演唱会

当你的嘴巴、舌头、牙齿及嘴唇面对宝宝时，你会自然而然地变成天才的口技演员。那么，用你的嘴巴为宝宝进行一次专场表演吧！

抱起宝宝，让他面对着你的脸，可以看到你的嘴在动。用你的嘴巴发出声音，如：亲吻的声音、舌尖发出哑哑声、舌头弹出的响舌声、嘴唇吹出的呜呜声，以及各种你可以想到的声音：如尖叫、喘息、呵呵笑及流水声、咚咚的敲击声等。你可以给宝宝吹口哨、唱歌和哼曲子，还可以模仿各种动物的叫声，如：小鸟、狗、猫、大公鸡、小鸭、马、牛、羊、驴、猪、狼、老虎等。这可以让宝宝体验不同的声音，以及不同声音带给人们的各种不同感受。

世界尽在我掌握

——宝宝观察、创造潜能启智开发训练

妈妈在哪里

让爸爸抱着宝宝，妈妈藏在爸爸身后或躲在别的房间里，爸爸问宝宝："咦，妈妈哪里去了？"这时，妈妈要不断地发出声音，告诉宝宝说："宝宝，妈妈在这里。"宝宝一定会奇怪地到处寻找。当宝宝在妈妈声音的提示下找到妈妈时，会表现得十分惊喜。这个游戏不但可以训练宝宝的听觉能力，增进亲子之间的感情，还可以培养宝宝的观察能力及果敢的品质。

认一认

人的记忆是奠定在重复的基础上的，所以，每天开灯时你要对宝宝说："灯亮了"，并引导宝宝看灯，反复进行数天后可问宝宝："灯在哪里？"宝宝便会看灯。宝宝喜欢的玩具玩完后要放在固定的地方，并告诉宝宝名称，比如布娃娃、小汽车等。教宝宝认家中成员和家中物品，如妈妈、爸爸、奶奶、门、床、电视机、空调等；还可用挂历、大图片等丰富认物内容。先让宝宝认识他容易感兴趣的物品，如灯、电视机、玩具等。每次指认的物品只能一种，不要着急，反复强化才能记住。

再小·我也看得见

将小物品放在桌面、床面或妈妈的手中，使小物轻轻移动，以吸引宝宝的注意力，使宝宝能凝视小物品。物品色彩要鲜艳，与桌面、床面色差要大。小物品不要放在宝宝手中，防止宝宝趴下用嘴直接吃入口中。此游戏可锻炼宝宝的观察力，促进其注意力的建立。

哪儿去了

将玩具在宝宝面前晃动，待宝宝注视后，逐渐移出宝宝的视野，并问宝宝："玩具哪儿去了？找一找。"可将玩具留一部分在宝宝的视野中，以帮助宝宝发现目标，可引导宝宝："看，在这里。"并抱着宝宝转到藏玩具之处。宝宝找到玩具后，家长要表示祝贺和鼓励。要逐渐让宝宝自己追视，不留"尾巴"，由宝宝自己去寻找。通过让宝宝寻找移出视线的物品，来训练其注意力和观察能力。

用勺喂食

在宝宝两次喂奶中间，妈妈将宝宝抱起来呈半坐位，高兴地说："来，宝宝，我们吃饭了！"然后给宝宝喂少许白开水、果汁、蛋黄汤等。开始用小勺轻轻将宝宝下唇压下，小勺置舌头之上，轻轻向里倾斜，使宝宝唇、舌接触到水、果汁等后，宝宝会自动吸吮并咽下。喂食果汁、蛋黄汤等食物量应很小，每日1~2次，每次1~2口，主要是让宝宝适应小勺及各种食物的味道、性状，让宝宝学会用勺喝东西，为日后喂养打好基础。

宝宝心语

妈妈说我是一只不讲卫生的小馋猫，不管拿起什么东西都要往嘴里放。其实，我不是饿了想吃东西，只是对它们感到好奇，想尝尝它是什么味道？咬在嘴里是什么感觉？所以妈妈，你不必为此而烦恼，一味地限制和阻止我，只需将那些玩具清洗干净，让我好好研究研究它们吧！

早教贴心提示

逗引宝宝也要讲科学

缺乏爱抚的孩子，性格会变得冷漠，但在过份爱抚中生活的孩子，却只能学到依赖，其自立之时，将处处艰难。所以，年轻的父母沉浸在对宝宝无限情爱中时，切记不要过份逗弄宝宝。有的父母爱子心切，只要孩子醒着，就逗他玩。这样一来，孩子就不善于自己嬉戏了。一旦父母有事不能抱他，孩子将不能"理解"父母为什么"抛弃"他,他会哭得更伤心,而且长时间哭喊不停,这既伤害了他的情绪,也有损他的健康。正确的做法是,每天适当地抱抱他,与他逗玩,和他亲热一番。这样,他将非常"珍视"你们的会见,也不会因为你离开他而感到委屈。当然,父母也要为他独立嬉戏准备好玩具。此外,怎样与孩子逗玩也很有学问,逗引得法,有益身心,引逗失当,则有害健康。

抛举不如拳戏。成人常喜欢将婴儿高兴举过头,抛接嬉戏,这样做害处很多。胆子小的宝宝会吓得惊哭,有时还容易闪腰岔气,造成内伤。一旦抛接失手,还会出现危险。不如将抛举改用拳头做游戏,成人将大手半握拳来引逗宝宝,让宝宝用小手抓握,再让他把卷曲的手指用手掰开,克服困难的勇气就在此刻萌生了。

悬挂玩具还要指认玩具。有些家长常在宝宝躺着的头部上方悬挂灯笼、塑料鱼等玩具,想以此来培养宝宝的注意力。仰卧的宝宝,会出于好奇盯着看悬挂物的移动,他的眼珠也随之频繁移动,极易造成视觉疲劳;倘若躺着的位置不适当,宝宝想竭力盯着看,眼珠就得侧转或上挑,久而久之,会使宝宝形成斜眼、吊眼等毛病。正确的做法是应该在宝宝床周围悬挂玩具,卧室四壁张贴彩图,宝宝坐卧可以随意观看。成人教他指认某一件玩具,反复说出名称,宝宝慢慢地就会听懂、识别,把目光转向该玩具。随着年龄的增长,从注目识物到用手指物,最后会说出物件名称。再趁机把那件玩具拿到宝宝面前适当的地方,他则会手脚并用向前爬,"途中"横上一个小枕头,他又会奋力爬过去。取到玩具时,宝宝一定会拍手蹬腿格外欣喜。

亲吻不如抚摸。家长都喜欢亲吻宝宝,但只顾亲吻却忘记自己正患感冒可带菌,免不了要传染给孩子。家长可用抚摸代替亲吻,亲昵的抚爱可使宝宝感到安宁、快慰和惬意,使宝宝的情绪稳定。

疼爱子女是父母的"天性",但一定要给予孩子恰当的爱,如此才能使孩子身心健康地发展。

宝宝人生第5月

宝宝成长进程

5个月的宝宝，脸色红润而光滑，五官也"长开了"，变得更加活泼、可爱。此时的宝宝是快乐的，微笑随时可见，除非宝宝生病或不舒服，否则，时常挂在脸上的愉悦微笑都会点亮你和他的新生活。

宝宝的体重已是出生时的2倍，他的口水流得更多了，即便在微笑时也垂涎不断。这时，如果让他仰卧在床上，他可以自如地变为俯卧位。他很想往前爬，但由于腹部还不能抬高，所以爬行受到一定的限制。如果将他扶成坐的姿势，他也能够独自坐一会儿，但有时两手还需要在前方支撑着。在拿取物品时，宝宝不再是两手去取，会用一只手去拿了。但准确度还不够，往往一个动作需反复好几次。如果玩具掉在地上，他会用目光追随掉落的玩具。

宝宝能辨别红色、蓝色和黄色之间的差异了。如果宝宝喜欢红色或蓝色，你不要感到吃惊，这些颜色似乎是这个年龄段孩子最喜欢的颜色。

此时，孩子的视力范围可以达到几米远，而且将继续扩展。他的眼球能上下左右移动注意一些小东西，如放在桌上的小甜点。5个月的宝宝会用表情来表达自己内心的想法，能区别亲人的声音，能识别熟人和陌生人，对陌生人做出躲避的姿态。

这个阶段的宝宝说起话来像是在胡言乱语，但仔细听，你会发现他会有升高和降低的声音，好像在发言或者询问一些问题。这说明宝宝在语言方面有了很大的进步，他开始用母语的许多节律和特征咿呀学语了。

此时的宝宝还有个显著的特点，就是不厌其烦地重复某一动作。他会把手中的东西扔在地上，待你捡起来后又扔掉，乐此不疲。也常把一件物体拉到身边，推开，再拉回，不断反复动作。这时，你可千万不要不耐烦哟，因为这是宝宝在学习因果关系并通过自己的能力影响环境的重要时期。

早教导言

五个月的宝宝早上睡醒后，很快就能完全清醒过来，而且马上就要起床，好象新的一天有许多工作等待他去完成。由于感知觉的提高，你需要付出更多的爱和时间去帮助孩子认识这个纷繁的世界。

此时的宝宝特别喜欢节奏明显的儿歌，更喜欢你给他念儿歌时亲切而又丰富的表情。对音乐有了初步的感受能力，会随着音乐节奏摆动四肢。父母可以放一些好听的曲子或是模仿动物叫声的音乐，来增强孩子的节奏感。他的发音逐渐增多，除"哦"、"啊"之外，会发出重复、连续的音节，进入咿呀学语阶段。父母跟孩子对话、游戏时也应变换语调、语音，对于孩子发出的咿咿呀呀的声音，也要给予热情的回应。

宝宝手眼逐渐变得协调，对于面前的物品，会将其抓起，在眼前玩弄。为了锻炼宝宝手、眼的协调能力和五指的分化，应让宝宝随意自主地抓物，经常按摩宝宝的手指，并让他自由地玩纸、撕纸，训练其敲打、换手、换掌、招手、摸索等动作。

宝宝在五个月前尚无自我意识，分不清自己和别人，但很早就认识母亲，母亲的存在使他有安全感、信任感。此时可以跟他做一些镜中认人的游戏，让他增强自我意识。

打造小小演说家
——宝宝语言潜能启智开发训练

宝宝学发音

与宝宝面对面，用愉快的口气和表情发出"啊——啊"、"呜——呜"、"喔——喔"、"咯——咯"、"妈——妈"、"爸——爸"等重复音节，吸引宝宝注视你的口形，每发一次重复音节应停顿一下，给宝宝学习模仿的机会。还可以抱着宝宝在穿衣镜前，让他看着你的口形和他自己的口形，练习模仿声音。此游戏可增强宝宝的初步记忆能力，发展宝宝的口语表达能力。

重复"爸爸、妈妈"

当宝宝偶尔发出"爸爸、妈妈、打打、拿拿"等音节时，家长应赶快肯定并做出与发音相对应的指向动作，如：指爸爸，爸爸赶快答应；指妈妈，妈妈赶快答应；说"打"、"拿"，就做出打、拿的动作。通过重复宝宝偶尔发出的"爸爸、妈妈、打打、拿拿"这些声音，帮助宝宝强化记忆，使宝宝逐渐由无意识的发言转为有意识的发音，从而促进其语言发育。

让宝宝动起来

——宝宝运动潜能启智开发训练

探身取物

妈妈怀抱着宝宝使其呈坐态，爸爸在宝宝面前摇晃玩具逗引宝宝，并说"宝宝来拿，宝宝来拿"，距离为宝宝伸手可及为宜。开始时，宝宝可能挥动双臂不知所措，妈妈可手拿宝宝前臂帮助宝宝取物，待宝宝能自己伸手取物时，可将玩具稍远离宝宝，并鼓励宝宝探身取物。取到后，可让宝宝拿玩具玩。通过让宝宝伸手探身取物，来训练他上肢动作及手眼与全身协调的功能，培养其主动性。

捏疙瘩

妈妈把宝宝抱坐在腿上，使宝宝背靠妈妈的胸，先给宝宝做示范，一边将手不断地握住、打开，一边说："捏疙瘩、捏疙瘩"。然后，扶住宝宝的双手，把宝宝的一只手握成拳头状，对宝宝说："捏疙瘩、捏疙瘩，看宝宝能捏几下。"再帮宝宝一一打开握拳的手指头。反复与宝宝玩几次后，不握宝宝的手，当念"捏疙瘩"时，看宝宝是否会自己把拳头打开再握住。这个游戏可以锻炼宝宝手指的灵活性，训练宝宝语言与动作的协调能力，为以后宝宝根据语言做动作打下良好的基础。

"还给我"

妈妈怀抱宝宝，给予宝宝玩具。当宝宝正玩得高兴时，爸爸故意去夺宝宝手中的玩具，宝宝便会用力握住，这时爸爸可适当用些力气，与宝宝僵持一会儿后将玩具夺过来，此时妈妈便说："还给我，还给我！"并抱着宝宝伸出手去索回玩具。也可在夺玩具时故意夺不过宝宝，并表扬宝宝："宝宝是大力士，真有劲！"此游戏通过让宝宝索回被夺走的玩具，不仅可以训练宝宝手的握力，培养其专注力和自信心，还可以避免宝宝产生"我的东西谁也拿不走"的狭隘心理。

蹦蹦跳跳真可爱

妈妈双手扶在宝宝的腋下，让宝宝站立在妈妈的腿上。妈妈一边让宝宝在自己的腿上跳跃，一边念儿歌："小宝宝，蹦蹦跳，蹦得快，长得高。"刚开始游戏时，妈妈扶住宝宝的手可以稍用力，帮助宝宝向上跳。待宝宝动作熟练后，妈妈的手主要起保护作用。一般孩子都喜欢跳跃，并会发出欢快的笑声。这个游戏可以训练宝宝的蹬跳动作，锻炼腿部肌肉，培养宝宝的平衡感，为今后的站立、走路做好准备。

飞翔的宝宝

当你躺在床上或地板上时，轻柔地将宝宝举起、放下，或者搂着他的胸部或腹部，让宝宝向前"飞"，向后"飞"，或从一边"飞"向另一边。同时说："呜———，小飞机起飞了"。缓缓地放低他的头，然后放低他的脚，让他慢慢而轻柔地朝各个方向移动，使宝宝沉浸在一种舒适的飞翔的感觉中。一开始宝宝可能会害怕，动作有些僵硬，不会抬头。等宝宝适应了游戏后，会表现出愉快的情绪，随着身体的放松，还会跟着节奏自主地晃动，这说明宝宝的平衡能力发展较好。如若训练后，宝宝的身体仍不易托住，且不能抬头、四肢僵直，这可能是因为宝宝的身体控制能力还比较弱，可以在日常生活中增加一些晃动练习，以训练宝宝的感觉统合能力。

跷跷板两头翘

妈妈仰卧在床上，让宝宝坐在妈妈的脚背上，双手拉着宝宝的双手，双脚屈膝向上提，再双脚放平。或妈妈坐在椅子上，做跷二郎腿状，让宝宝坐在跷起的那只腿的脚背上，双手拉着宝宝的双手，单脚翘起再放下。在活动中可增加语言提示，如"上去喽，下来喽"等，让宝宝感受上下的变化。宝宝一开始玩此游戏时，身体运动比较被动，双手会紧紧地抓住大人，因此大人注意动作要轻缓，以自己的情绪来激发宝宝游戏的兴趣。等宝宝熟悉游戏后，身体会比较放松，会跟着大人身体的动作而较自主地上下移动，并表现出愉悦的情绪。

尽情展示宝宝的才艺
——宝宝艺术潜能启智开发训练

教宝宝唱儿歌

你可以给宝宝唱些短小、朗朗上口的儿歌，并且一边唱一边做一种固定的动作。比如你给他唱儿歌《甜嘴巴》："小娃娃，甜嘴巴，喊着妈妈，喊爸爸，喊得奶奶笑'掉牙'。"你可以一边唱一边用手点一点小宝宝的嘴巴。这个阶段的宝宝虽然还不听懂儿歌的意思，但喜欢儿歌的韵律和欢快的节奏，更喜欢父母在给他们念唱儿歌时亲切而又丰富的表情和动作。家长每天至少给孩子念1~2首儿歌，每首儿歌至少要念3~4遍，使孩子做到眼、耳、手足、脑并用，从而更有效地增强记忆。此游戏可使宝宝感受儿歌的韵律和节奏，促进其艺术潜能的开发。

世界尽在我掌握
——宝宝观察、创造潜能启智开发训练

嘿，你是谁

妈妈抱着宝宝一起照穿衣镜。妈妈指着镜中的自己说"妈妈"，指着宝宝说"宝宝"；让宝宝亲妈妈，看镜子；让宝宝用手摸镜子中的宝宝，起初他会觉得自己看到了另外一个可爱的小朋友，他会非常愿意冲着"他"摆手和微笑。妈妈做张口、伸舌、眨眼等动作，反复进行，使宝宝在建立自我认知的基础上并学会模仿，并促进其注意力的建立。

掀起你的盖头来

妈妈把手帕蒙在宝宝的脸上，说："啊，宝宝看不见了！妈妈哪去了？"面对突然的变化，宝宝可能会手脚乱舞，表现得十分紧张，不知所措。这时，妈妈要轻声安慰宝宝："啊，妈妈在这里呢！"同时鼓励宝宝："宝宝，把手帕拿下来。"妈妈可拉着宝宝的手去抓手帕，反复训练，直到宝宝自己会把手帕从脸上抓下来为止。你不要立刻把手帕取下来，可以用柔和的语调和宝宝说话，帮助宝宝消除紧张心理，让他学习克服困难，把手帕抓下来。此游戏可发展宝宝的思维，促进其想像力的发展和培养果敢的品质。

小手在哪里

宝宝坐在妈妈的腿上，与妈妈面对面。妈妈轻轻拉着宝宝的小手，说："小手在哪里？在这里。"然后可以摸摸或者亲亲宝宝的小手，逗宝宝开心。如此反复几次以后，妈妈可以问宝宝：

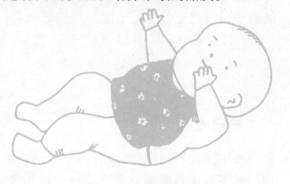

"小手在哪里？伸出来让妈妈看看（亲亲）。"当宝宝做出正确的反应时，妈妈可以用拥抱或者把宝宝高高举起等形式表示鼓励。通过游戏，让宝宝认识自己的小手，并能听懂妈妈的话，用动作来表示。

世界真奇妙

抱着宝宝在家附近散步时，让宝宝看看来往的人群、马路上的车辆，听听各种各样的声音……你可要不停地为宝宝"解说"："宝宝看，开过来一辆红色的小汽车""听，叮零零，这是自行车的铃声"。抱宝宝到公园去玩，让宝宝看看红色的花、绿色的草、蓝色的天，听听鸟儿清脆的鸣叫，让宝宝感受大自然的美丽与新奇，以此来刺激宝宝视、听觉的发展，激发宝宝的好奇心和认识探索世界的欲望，帮助他建立事物与名称之间的联系。

帽子大聚会

收集家中的各种帽子，如礼帽、编织帽、棒球帽、遮阳帽、草帽、浴帽等。让宝宝舒服地坐在妈妈怀里，爸爸坐在他对面，拿出一顶帽子戴在头上，同时说一些有趣的话，如："我是个骄傲的棒球运动员！""你看，大绅士来了。"等，并对他扮个大鬼脸。然后靠近宝宝，让他能够抓住帽子，把帽子拉掉，或是爸爸自己摘掉帽子。可先用一顶帽子反复玩几次，再换另一顶帽子。也可全家人头上各戴一顶帽子，然后一起照镜子，再换其他式样的帽子，以此充分满足宝宝强烈的好奇心。

小鬼也能当大家

——宝宝生活、交往潜能启智开发训练

自己吃喝

在宝宝比较饥饿时，给他饼干、面包、蛋糕等食物，宝宝自然会送入口中，咬下后进行咀嚼并咽下。还可以给宝宝用双把带盖的水杯喝水，让宝宝自己双手扶住水杯把，大人要在旁边照料。宝宝咬下的食物太大不易咽下时，可让他喝少量水，帮助咽下。宝宝吃喝时，不要逗孩子笑，以免将食物或水吸入气管。通过让宝宝自己吃食物、喝水等，训练宝宝手动作的准确性，培养宝宝的自主性，促进宝宝的进食兴趣，并使宝宝的牙齿得到磨炼，促进乳牙萌出。

妈妈今天给我吃了面包，还有牛奶，它们一点儿都没有妈妈的奶好吃。可是妈妈说，我要学着吃这些东西了，因为宝宝身体需要更多的营养。

早教贴心提示

千万莫错过宝宝的婴儿期

刚出生的婴儿，其大脑具有惊人的吸收能力。可以这样说：越是接近零岁，这种吸收能力就越强。与0~2岁的孩子相比，成人是无论如何也无法与之相提并论的。如果在这一特殊时期里，不给予其教育性的刺激，那么婴儿的大脑将得不到出色的发展，相反会迅速失去吸收能力，转变成劣质的头脑，即使以后再给予多么优良的教育性刺激，也无法恢复这种吸收能力的功能了，培养聪明的头脑便成为非常困难的事情。

0~3岁的孩子所具有的吸收能力实在是天才性的。无论难易程度如何，他们对所给予的教育性刺激都能理解和接受；与此同时，他们不仅能记忆进入大脑的知识，而且记忆的图像之清晰度胜过高清晰度的计算机。婴儿从周围人的说话声中记忆语言并开始说话，实际上靠的并不是单纯的记忆，而是依赖于成人所不具备的这种出色的处理能力。

大脑的基本模型于婴儿6个月时完成。

以前人们一直认为婴儿的大脑里有一个特殊的装置，它与周围的环境作用无关，可以使婴儿自然地获得语言、自然地会说话。然而，现在我们知道，大脑的这种功能是在接受了外界的刺激之后才得以发展起来的。所以，让我们从婴儿出生那天开始，就用丰富的语言对他说话吧。这样，这个吸收能力极高的大脑就会把语言吸收进去，并且一点一点地积攒起来。这样，当他开始说话时，便会成为一个词汇量相当丰富的宝宝。

有的母亲庆幸自己有个不吵不闹的乖宝宝，认为这样很省事。但是，如果在婴儿出生后，不对他做任何有益的事情，只让他安静地躺在那儿，那么很可能到了2~3岁，他都还不会说话，成为一个发育迟缓的孩子。婴儿在出生后的仅仅6个月的时间里，也许就因周围亲人的放任自流，而使他从天才的宝座上跌落下来，从而失去了自己与生俱来的天才素质。

所以，一定要珍惜宝宝出生后的这段婴儿时期，不可以什么都不做地让宝宝寂寞地度过每一天。你对他付出多少，就会得到多少回报，优质的投资将会使你获得一个拥有惊人素质的超常宝宝。

宝宝人生第6月

宝宝成长进程

　　大部分的宝宝在6个月时乳牙开始萌出。当然，也有最早的可在4个月，晚的可在10个月，这因人而异。这时的宝宝体格进一步发育，神经系统日趋成熟。此时他会用手支着坐起来，靠着能坐稳，能很利索地翻身，扶着他的腋下能站得很直，并且喜欢在扶立时不停地跳跃。两只手会交换玩具，他对玩具的兴趣也越来越浓厚，已不仅仅是放到嘴里"品尝"，还能比较像模像样地开始玩玩具了。如果有一块布蒙在他脸上，他会躺着熟练地把布拿掉。

　　随着身体协调能力的提高，孩子将发现自己身体的其他部分。仰卧时，喜欢把两腿伸直举高，并抓住自己的小脚送入口中；更换尿布时，他会向下触摸生殖器；坐起时，他会拍自己的臀部和大腿。

　　此时的宝宝听力比以前更加灵敏了，能分辨不同的声音，并学着发声。会发两三个辅音，在大人背儿歌时还会做出一些熟知的动作。

6个月的宝宝充满了无穷的活力，给他喂奶或洗尿布时总是扭来扭去；抱他时他又弓背又弯身。宝宝变得越来越好动，对这个世界充满了好奇心，像是一个积极的探究者。他会很快发现一些物品，例如铃铛和钥匙串，在摇动时会发出有趣的声音；当他将一些物品扔在桌上或丢到地板上时，可能启动一连串的听觉反应；用餐时，他的双手也十分活跃，他会试图去抓奶瓶或小勺，还会抓起食物放到自己的嘴边。他喜欢参与周围的活动，会模仿大人的动作，非常喜欢玩捉迷藏的游戏。记忆力此时开始萌生，会寻找不见了的玩具。亲近的人和不亲近的人他已能分辨得很清楚，看见不亲近的人他就会哭，对许多东西表现出害怕。

宝宝已经有了比较复杂的情绪。高兴时会眉开眼笑，手舞足蹈，咿呀作语；不高兴时会发脾气，叫喊哭闹。当你出门或在旁边叫他时，他能意识到自己的名字并把头转过去。当他需要妈妈抱时，不仅会发出声音，而且能有伸开双臂的姿势。当你真的抱起他时，他则会高兴的大叫，像是在为自己欢呼。

早教导言

情绪是宝宝的需求是否得到满足的一种心理生理反应。从出生到半岁再到一岁，是宝宝情绪的萌发时期，也是情绪健康发展的敏感期。你温暖的怀抱、香甜的乳汁、慈祥的音容笑貌，会使宝宝产生欢乐的情绪，从而建立起对你的依赖和对周围世界的信任。所以，你的育儿方法、你与宝宝情感交往的质量，左右着宝宝是否能拥有健康的情绪和性格。那种"怕孩子抱惯了"，而对孩子情感需求默然置之的做法是不可取的。

这个阶段是宝宝自尊心形成的关键时期，父母要给予足够的重视。适时地给宝宝以赞扬和鼓励，从而使宝宝建立起良好的自信心。

宝宝此时记忆力开始萌生，在父母离开时会感到害怕和恐惧。所以不要在生人刚来时突然离开孩子，也不要用恐怖的表情和语言吓唬孩子，更不能把自己的不良情绪发泄在孩子身上。总之，要让宝宝健康快乐地成长，首先你要保持一个良好的心态，因为父母的一言一行对孩子很重要。

　　6个月的宝宝是最喜爱交际的时候，你一定要好好利用。比如，可以经常带他出去玩耍，见各种各样的人；教他说"你好"，挥手说"再见"。

开心·妈妈早教妙招

打造小小演说家

——宝宝语言潜能启智开发训练

宝宝，起床了

　　妈妈的儿歌可以随时融入宝宝的生活。每天早晨叫宝宝起床时，你可以边说儿歌边抚摸宝宝起床：太阳公公咪咪笑，我的宝宝快起床，醒来吧，眼睛；醒来吧，鼻子；醒来吧，嘴巴；醒来吧，胳膊；醒来吧，腿；醒来吧，小脚丫；醒来吧，我的小宝宝。重复会帮助他学习，所以你可以每天在他起床或睡觉时，说唱相同的儿歌或摇篮曲，这有利于宝宝语言能力的发展。

玩偶的吸引力

　　准备一双大号的白色袜子，你可以轻松地将手伸进去。用笔在袜子的趾尖部位画上眼睛、眉毛、鼻子、耳朵，沿着脚跟部位的弧线画出嘴巴，并在褶皱处画出红色的舌头。让宝宝坐在你温暖的怀抱里，将玩偶套在你手上，对着宝宝唱歌、念儿歌或以玩偶的口气和宝宝说说话。在另一只手上再套一个玩偶，让两只玩偶对话或是做游戏，宝宝将会更感兴趣。也可用宝宝的小袜子为宝宝做个小玩偶，游戏时，把小玩偶套在宝宝的小手上，同时，你也可以套上大玩偶，这样的交流方式多有趣啊！这会使宝宝在轻松愉悦中发展语言潜能。

让宝宝动起来
——宝宝运动潜能启智开发训练

拉大锯，扯大锯

妈妈半仰卧在沙发或床头，让宝宝面对面坐在妈妈大腿上，双手推拉宝宝双上臂并说儿歌，如："拉大锯、扯大锯，姥姥家，唱大戏……"随着宝宝上肢及手力量的增强，可由拉推上臂，逐渐变成拉前臂、拉手，或让宝宝握着大人的手指进行。通过拉宝宝双手并带动宝宝上身前后移动，训练宝宝双上肢、双手的力量，同时培养宝宝的语言敏感性及愉悦情绪。

宝宝坐起来

宝宝仰卧在小床上，妈妈双手握住宝宝手腕，拇指放在宝宝手里，让宝宝握住，然后慢慢用力拉，使宝宝从仰卧到坐起。借助父母的力量，宝宝只要在牵拉下能坐起来就可以了。在游戏过程中，要鼓励宝宝坐起来，为他叫好，使他情绪愉快。以此来训练宝宝的运动能力及快乐情绪。

撕扯艺术家

妈妈轻轻扯动纸张发出声响，逗引宝宝。如果宝宝情绪愉快，有抓捏纸张的愿望，就给宝宝一张纸，让宝宝任意玩。根据宝宝的兴趣，帮助宝宝用双手撕扯纸张玩。如果宝宝不能双手撕扯纸张，用揉、甩等方法也能发出声响。让宝宝任意去撕吧，拉扯纸张，聆听声响，感受制造声音的快乐，也许能撕出个艺术家来呢！此游戏可锻炼宝宝手指的灵活性及手眼协调能力。

小小秋千荡起来

把宝宝放在毛毯（或浴巾）上，爸爸和妈妈分别抓住毯子的两只角左右晃动，晃动时可以有节奏地念儿歌："荡秋千，荡秋千，宝宝荡秋千。秋千荡得高，秋千荡得稳，宝宝真开心。"也可以配上宝宝熟悉的音乐，按节奏晃动。刚开始晃动时宝宝可能会出现紧张情绪，这时成人应以自己的情绪去影响宝宝，同时动作尽可能轻缓一些，让宝宝逐渐适应这种晃动。6个月的宝宝已开始懂得怎样控制自己的身体，因此，在此类晃动活动中，宝宝会表现得很开心，他还会随着晃动的节奏手舞足蹈呢！

尽情展示宝宝的才艺

——宝宝艺术潜能启智开发训练

聆听大自然

音乐，是一门听觉艺术，要想进入音乐世界，学会聆听是第一步。大自然里充满着各种各样的音乐：风吹拂树叶飒飒地作响、小鸟清脆婉转的歌唱、河水潺潺的流动、小雨打在树叶上的沙沙声，以及马路上汽车的鸣笛声、小猫小狗互相追逐的叫声、街市人群的叫卖声……这些不同的声音和韵律，组成了世界的音乐。经常与宝宝一起  去聆听这来源于大自然的声音，让宝宝感受声音的高低、强弱、快慢，可以使宝宝对音色、音高、音量有更敏锐的感受力。

智取玩具

将彩环用线绳拴住，留绳子长约30厘米，将彩环置于宝宝面前的桌面或床上，妈妈轻轻拉线，使彩环慢慢移近，提醒宝宝观察，并说："看，看，拉过来，拉过来。"连续数次之后，将绳递到宝宝手中，并说："拉过来，拉过来。"如果宝宝不拉，大人可拿着宝宝的手一起拉，宝宝逐渐就会自己拉了。同样，还可用口杯将小玩具如红积木等扣起来，然后再掀开，让宝宝观察整个过程。连续数次后，让宝宝自己掀开杯子，取出玩具。通过拉绳取物、掀杯取物的游戏，训练宝宝观察、思维能力及主动性，并能促进手眼协调。

听听这是谁的声音

准备录音机及录有家人说话声、电话铃声或宝宝熟悉的音乐的磁带。一边播放录好的磁带，一边观察宝宝的反应。调换不同的声音播放，可以问宝宝："谁在说话？""这是什么声音？"引导宝宝寻找对应的人或物体，帮助宝宝找到声音源。如果宝宝找到或指点正确，要给予表情、动作或语言上的夸赞，这会使宝宝更乐于游戏。此游戏可发展宝宝的观察力和想像力。

感觉就是不一样

准备一些不同质地的布料，如丝绸、丝绒、羊毛、亚麻布等，用它们轻轻地抚摸宝宝的面颊、双脚或小肚肚，让他体验不同的物品带来的不一样的感觉。此游戏可通过触觉来促进宝宝的大脑发育，发展其想像力。

暗室中的寻觅

当黑夜来临的时候，关上所有的灯。抱着宝宝坐在床上或地板上，打开手电筒，让光束照到墙壁上，吸引宝宝的注意力。对着宝宝说话，告诉他："你看，光亮来了！"慢慢地将光束四处移动，停在你认为有趣的物体上。当物体被照亮的时候，告诉宝宝那件东西的名称，如"这是电视机""那是宝宝的玩具娃娃。"继续做这个游戏，直到宝宝感到厌烦。这个游戏可以培养宝宝对事物的观察能力、想像能力，促进其创造性的开发。

小鬼也能当大家
——宝宝生活、交往潜能启智开发训练

想怎么吃就怎么吃

给宝宝穿上围兜，让宝宝坐在婴儿椅中，最好用安全带固定好。把一根香蕉切成几小块，放在盘子里，然后放到宝宝面前。接下来，你就让宝宝随心所欲地处置他面前的香蕉吧，任他用手去抓、放到嘴里、粘到脸上，或是扔到地上。你不要去干预或帮助他，只要注意他的安全就行了。你要随时关注宝宝的一举一动，在他吃东西的时候，别让他噎着。让宝宝自由自在地随意吃吧，这可以为他日后的独立进食、独立生活能力打下一个良好的基础。

爸爸不见了

妈妈在床上盘腿而坐，让宝宝面对自己坐在腿上，一手扶着宝宝的髋部，一手扶着宝宝的腋下，使宝宝保持平衡。爸爸在妈妈背后，让宝宝一只手抓住自己的手指，另一只手抓住妈妈的胳膊。爸爸先拉一下被宝宝抓住的手指，当宝宝朝这边看时，爸爸从妈妈背后另一边突然伸出头来亲热地叫宝宝的名字。当宝宝转过头找到爸爸时一定会"咯咯"地笑起来。这个游戏可以增进宝宝与父母间之间的情感，让宝宝体验快乐的情绪，学会更好地与人交往与合作。

早教贴心提示

轻松帮你开发宝宝智力

开发宝宝的智力，并不像你想象的那么复杂，做到以下几点，就可以轻轻松松地使你的宝宝更聪明：

◎ 多和宝宝说话

婴儿的大脑神经比成人更柔软更脆弱，他们的神经键比成人多两倍。当妈妈用丰富的语言向宝宝表达自己的关爱时，会使宝宝大脑的神经键得到更多的刺激机会和连接，于是，宝宝的语言能力、逻辑能力和计划能力都得到了强化。

◎ 多抚摸宝宝

爱的抚摸能增加宝宝的安全感，还能加快宝宝的生长。研究发现，给早产儿每天全身按摩三次，他可以比没有按摩的早产儿更早出院。所以，无论给宝宝洗澡、喂奶还是换尿布时，都是你和宝宝感情交流和抚摸的好机会。宝宝非常喜欢妈妈抚摸他的小肚皮、小屁股和脑袋的感觉，这使他感到安宁和舒适。

如果宝宝哭了，你该及时做出反应。安慰、料理、怀抱他，使他安心，这样，你在宝宝的大脑边缘建造了正向的脑电路，这也是宝宝情感的需要。妈妈温柔的拥抱和亲密的接触，会给宝宝大脑情感的安全感，从而使他会有更大的勇气去探索周围的环境。

◎多让宝宝动手动眼

多和宝宝玩手的游戏，比如：用手蒙住眼睛"躲猫猫"。游戏很简单，手势更简单，但是宝宝却很有兴趣。此外，平时还要留意宝宝的一举一动。当宝宝手指向某一样东西，眼睛也同时注视的时候，你应该跟随他的手指和目光，谈论他感兴趣的那样东西，譬如："鸟在飞""好香的花。"你的参与和注意，让宝宝知道他的兴趣和观察对妈妈是很重要的，这将给宝宝很大鼓励。

◎多爬

爬对宝宝空间概念的学习很重要，到处爬动的宝宝会慢慢理解这样一些空间概念：下面、上面、近、远。爬和身体的移动使他的脑子里开始有了"空间地图"，也使他和所处的环境有了友好的关系。

◎多搭积木

搭积木的游戏能帮助宝宝学习因果关系和推理关系。如果宝宝把一个大的积木放在一个小的积木上，上面的积木就会掉下来；如果他把一块小的积木放到了大的积木上，他就成功了，宝宝的大脑会把这个信息储存起来。

◎多给宝宝唱儿歌

唱歌时，如"摇啊摇，摇到外婆桥"等，你身体的摆动和手指的摇晃会帮助宝宝把声音和动作结合起来，这能帮助他理解。歌曲还能培养宝宝对节奏、韵律和语言的理解。

◎多看画面清晰、色彩鲜艳的书

尽早让宝宝接触图画书。应该选择那些图画大，色彩鲜艳的书给宝宝看，边看边制造出各种声音，比如，书上有动物，你就可以模仿动物的叫声。注意调节你讲述的声调，尽量讲得简单而生动。如果宝宝会说话了，要鼓励他说出书上的故事。在婴儿期，应让宝宝多多倾听大人说话，多创造机会让他理解他人说的词语。在1岁前，对宝宝来说，听比说更重要。

◎多和宝宝一起整理玩具

这是训练大脑分类的好方法。宝宝慢慢会知道布做的动物玩具晚上应该睡在哪里；汽车、卡车和其它汽车应该存放在什么地方。作为他们认知学习的一部分，宝宝应该学习分类和建立有序的概念。

◎多让宝宝玩"肮脏的游戏"

不要怕宝宝把衣服弄脏，让宝宝玩一些"肮脏的游戏"，如：玩水、玩沙、玩泥。这会使宝宝了解物质的形态和特性，知道液态和固态的不同。在玩这类游戏时，可以大大发展宝宝的想像力，促进他创造性的开发。

◎让宝宝多一点情感体验

当有人伤心或难过时，你应该表现出同情，让宝宝学习关心、分担和善意。你同情的表现、对人的善意和温尔文雅的礼貌，都会印入宝宝的大脑，日积月累，宝宝大脑里相应的情感细胞就会越积越多。这不光有利于宝宝的情感发育和社会化，还有益于宝宝语言和认知的发展。

宝宝人生第7月

宝宝成长进程

　　宝宝到了7个月时，手的动作会变得更加灵活，逐渐学会拿东西时大拇指和其他四指分开，特别是食指的能力，能伸进瓶口掏出东西，还经常将手指放进嘴里吸吮。这代表孩子的进步，为日后自食打下良好的基础。此时的宝宝能长时间地很稳地靠着坐，独坐也已不再摇晃，不再前倾。尽管他还不能够站立，但两腿能支撑大部分的体重。

　　宝宝的各种动作开始有意向性。他会把玩具拿起来，在手中来回转动，还会把玩具从一只手递到另一只手，会把手伸到衣袋里拿出放在衣袋里的玩具。坐在桌子边的时候，爱用手抓挠桌面或用玩具在桌子上敲着玩。他会撕纸、会摇动和敲打玩具，两只手可以同时抓住两个玩具。

　　7个月的宝宝已经开始能理解别人的感情了。如果对他十分友善地谈话，他会很高兴；如果你训斥他，他会委屈地哭。

　　他能较专心地注视一样东西，能熟练地寻找声源，玩具丢了会找，能认出熟悉的事物，并且能记住间隔很短时间的事情，记住离别一星期的3~4个熟人。会自己吃饼干，会用声音和动作表示要大小便。可以发出各种单音节的音，会重复两个或两个以上的词句。会发"爸爸""妈妈"的声音，但他还不明白这些词的含意，还不能和自己的爸爸、妈妈真正联系起来。但不久以后，他就会利用"爸爸""妈妈"的声音召唤你或者吸引你的注意了。

早教导言

　　本月的宝宝对你发出的声音的反应更加敏锐，并尝试跟着你说话。所以此时家长参与孩子的语言发育过程更为重要，因此，要像教他叫"爸爸"和"妈妈"一样，耐心地教孩子一些简单的音节，以及诸如"猫"、"狗"、"热"、"冷"、"走"、"去"等简单的词汇。尽管至少还需要 1 年以上的时间，你才能听懂他咿呀的语言，但周岁以前孩子就能很好地理解你说的一些词汇。

　　宝宝到了一定的阶段，就会出现一定的动作，这是他进步的表现。所以，父母要鼓励孩子多动手，不要怕孩子弄坏了玩具，弄脏了衣服和手，这样才能锻炼他手的灵活性，增强手眼的协调性。此时的宝宝可多让他进行一些"指捏食品"的练习，你可将宝宝的小手洗干净，让他练习抓饼干、拿水果片之类的食品，这既训练了他手指的能力，又摩擦了牙床，还可对宝宝长牙时牙床的刺痛起到很好的缓解作用。

打造小小演说家

—— 宝宝语言潜能启智开发训练

听电话

爸爸不在家时，或者到另一个房间用手机打家里的电话。当电话铃声响起时，妈妈说："来电话了，宝宝听听是谁。"妈妈拿起电话让宝宝听："爸爸和宝宝说话呢！"爸爸在电话里与宝宝谈话："宝宝，我是爸爸，叫我一声。""宝宝，你在干什么？""你在和妈妈做游戏吗？"宝宝在听到爸爸的声音时，表现出快乐的情绪，发出"嗯""啊"的声音与爸爸"交流"。此游戏用宝宝熟悉的声音来刺激宝宝的听觉，让宝宝感知语言，进行愉悦的情感体验。

动物们的世界

宝宝喜欢发出各种声音，而动物的声音会令他手舞足蹈，经常带他走入动物们的世界，这是个增强宝宝听觉及语言能力的好机会。你可以准备好各种填充动物或大张的动物图片，让宝宝坐好，你坐在他的对面。将一只填充动物或一张图片拿到你的脸旁，让宝宝可以看到你的嘴巴，然后模仿这种动物的声音。鼓励宝宝模仿这种声音，接着再重复这个声音。拿起另一种动物玩具或图片，模仿这个动物的叫声。把所有玩具或照片中的动物声音都模仿一次。再一次拿起所有动物玩具或图片，这次在模仿动物的声音之前，先停一会儿，看宝宝能不能模仿出来。

拍哇哇

让宝宝坐在妈妈怀里，拿住宝宝的小手，轻轻拍妈妈的嘴，妈妈发出"哇哇哇"的声音，然后再拿住宝宝的小手轻轻拍拍宝宝自己的嘴巴，妈妈发"哇哇哇"的声音。如果宝宝能配合手，发出"哇哇"声，游戏就成功了！此游戏可使宝宝练习发声，促进语言的发育。

让宝宝动起来
——宝宝运动潜能启智开发训练

匍匐前进

让宝宝俯卧在床上，使他身体的重量尽量加在双手和双膝上。如果宝宝腹部不能离开床面，家长可用毛巾或枕头垫起他的腹部以练习手膝爬行。如果宝宝不爬，可在他前面放上个色彩鲜艳的小玩具，引诱他向前爬行。只要宝宝向前挪动了，就要给予鼓励。渐渐地，他的上下肢就会协调起来。通过爬行锻炼宝宝的肌力，促进其全身动作的协调发展，为直立行走打下基础。

提单臂坐起

宝宝仰卧在床上，家长右手按住宝宝的双膝，用左手握住宝宝的手腕，并让宝宝握住家长左手的拇指，然后左手轻轻拉引，让宝宝自己用另一只手支撑床面而坐起。双手交替重复做。

我飞起来了

把被单平铺在床上，然后把宝宝放在被单中间。爸爸妈妈各拉住被单的两只角，一起用力把宝宝往上抛起来。把宝宝往上抛的时候，要注意宝宝的表情。刚开始时，宝宝可能会出现紧张的情绪，这时家长应以自己的情绪去影响宝宝，同时动作尽可能轻缓一些，让宝宝逐渐适应身体离开床单的感觉。宝宝一旦适应这个游戏后，会表现出很开心。此游戏的目的是为了训练宝宝对身体的控制能力，培养勇敢的精神。

我和妈妈一起走

妈妈双手拉着宝宝的手，让宝宝背对着站在妈妈的脚上。妈妈边念口令"一二一，一二一，"边带着宝宝一起往前走。一开始走的速度可以略慢，尽可能走得平稳些，迈的步子要适合宝宝的小步子。走熟练后，可以进行障碍走，如：绕过椅子、低头过橡皮筋等，还可以快慢交替着走，以训练宝宝跨步走的能力，激发宝宝对走路的兴趣。

尽情展示宝宝的才艺
——宝宝艺术潜能启智开发训练

我是小·鼓手

让宝宝坐在地板上，给宝宝一根小木棒或汤匙，以及任何可以用来敲击的东西。为宝宝示范如何用手中的东西进行敲击，但声音不要过响。让他敲击不同的物品，如铝箔纸、金属锅、塑料碗、玻璃杯、小石头，甚至报纸，让他组成一个自己的敲击乐队。爸爸妈妈也可以加入宝宝的乐队，宝宝的兴致可能会更高。通过这些原始的、生活化的音乐器具，来累积宝宝的音乐经验，丰富宝宝的心灵上。但发声物品的选择要谨慎小心，避免那些又小又硬的物品，防止被宝宝吞食或割伤。

小·手摸摸妈妈的脸

宝宝和妈妈面对面。妈妈轻轻地拉起宝宝的小手，让宝宝摸摸妈妈的脸颊、鼻子、嘴巴，告诉宝宝：这是妈妈的脸、这是妈妈的鼻子、这是妈妈的嘴巴。然后拉起宝宝的小手，摸摸自己的脸、鼻子、嘴巴。游戏开始时，宝宝可能会对妈妈的鼻子感兴趣，用小手指挖妈妈的鼻孔。有些宝宝会用手抓妈妈的脸，这也是正常的。妈妈可以有意识地让宝宝多摸摸自己的下巴、耳朵等地方。只要宝宝喜欢用小手摸妈妈的脸，妈妈就应该加以鼓励，如亲亲宝宝的脸。这可以促进母子间的交流，培养宝宝对事物的观察能力和愉悦的情绪。

小·猫在哪里

爸爸躲在沙发后或其他地方学小猫叫。妈妈问宝宝："宝宝，什么地方有小猫？我们把它找出来。"这时爸爸断断续续发出猫叫声，妈妈根据宝宝的反应适时地把爸爸找出来。只要宝宝能"嗯嗯啊啊"地用手指出声音的大致方位，大人就应该加以鼓励。通过游戏来刺激宝宝的听觉，提高宝宝对语言的理解能力和对声音的听辨能力，从而促进大脑发育。

妈妈的手指哪去了

妈妈将指甲染上彩色的指甲油，或是用笔在指头上画上小脸蛋。给宝宝看你的指甲，扭动指头，然后一根一根地把它们藏进手掌中，让它们消失不见。接着，再让它们一根一根地重新出现。过一会儿，再一次把它们藏起来。你可反复给宝宝玩这个游戏，它可增强宝宝观察能力和想像能力，促进其创造潜能的开发。

我能找到

先把玩具放在宝宝看得到的地方，逗引宝宝通过翻身、移动身体、爬行拿到玩具。在宝宝的注视下，将玩具放在宝宝的身边，用手帕盖住，说："玩具不见了，宝宝找一找，玩具在哪里？"宝宝找玩具时，妈妈可以用语言鼓励宝宝，或给宝宝一些提示。若宝宝没有反应，妈妈可以捏响玩具，吸引宝宝注意。妈妈也可以将玩具从手帕下面拿出来，告诉宝宝说"玩具在这里呢！"，然后，再将玩具用手帕盖好，让宝宝来找。把宝宝的玩具藏起来，宝宝会很惊讶地到处找。反复几次后，宝宝会意识到这是游戏，并积极参与找玩具。这个游戏可以锻炼宝宝的记忆力和观察力，而且在找寻玩具时，宝宝要通过身体的移动来改变自己的位置，还可以训练他大动作的灵活性及身体的协调性。

小鬼也能当大家
——宝宝生活、交往潜能启智开发训练

宝宝喜欢看小朋友玩

你可以经常带宝宝一起到户外散步，观看大孩子们玩耍。"瞧，哥哥姐姐玩得多开心！""他们在做什么游戏呢？""这里有宝宝的小朋友呐！"尽管宝宝还不会和同龄的小伙伴玩耍，但他对同龄孩子很感兴趣，赶紧给宝宝找一个小伙伴吧！这会让宝宝学会很好地与人交往、合作，并体验到他们给他带来的快乐。

欢乐大家庭

在日常生活中，要反复告诉宝宝谁是妈妈，谁是爸爸，谁是爷爷、奶奶等，要边讲边指给宝宝看，以不断加深印象。在家庭聚会时，一般会有客人来，这时妈妈应抱着宝宝告诉他："这是叔叔，这是姑姑……"一边说，一边指给宝宝看，并多次重复。这样可使宝宝较快地认识家里人，消除紧张情绪。

我抓到你了

宝宝已经对爸爸和妈妈再熟悉不过了，你偶尔做出很"凶"的样子去抓他，他会由吃惊转而惊喜的。将毯子铺放在地板上，让宝宝俯卧在毯子上。在宝宝的前方示范爬的动作。在爬向宝宝的时候，边笑着对他说："我要来抓你了！"边做出要抓住他的样子。当你爬到宝宝身边时，把手放到宝宝的背上，说："抓到你了！"同时快速地抓住他，切记动作要快而轻柔。和宝宝反复玩这个游戏，和他一起欢笑。这可以使宝宝体会到与人合作、玩耍带来的快乐，愉悦情绪。

宝宝心语

今天，家里来了很多人，他们都想抱我，可我不认识他们，便哭着不让他们抱，只紧紧地搂住妈妈的脖子。大家说我是"缠人精"，可我就是喜欢妈妈！

早教贴心提示

培养宝宝积极的情绪记忆

情绪记忆是记忆内容的一个重要方面。我们成人都有这样的体会，对孩童时期的记忆大多和当时的情绪体验有关。随着时间的流逝，有时我们记忆的内容忘了，可当时的情绪效果却一直保留在记忆深处。积极的情绪记忆常伴有愉快、满足、喜悦等情绪体验，它会使人变得乐观、自信、开朗和豁达；而消极的情绪记忆常伴有恐惧、不安、痛苦、孤独等情绪体验，则会给人带来不同程度的消极影响。因此，家长应该注意培养孩子积极的情绪记忆。

好父母应该这样做：

◎创造一个温馨祥和的家庭环境。这样的家庭氛围能使孩子产生愉快安全的体验，相反，一个充满压抑和争吵、缺乏温暖和关爱的家庭，会使孩子变得自卑、孤僻、不合群、怕交往。

◎少让孩子接触恐怖邪恶的影视节目。当孩子出现害怕不安时，家长要及时地给予爱抚和安慰，排除消极的情绪记忆。

◎当孩子对黑暗、灾难、恐怖的音响感到害怕时，家长可以把这些事物与愉快、甜蜜的刺激联系起来，逐渐消除其消极的影响。家长还应通过故事或影视中的人物不怕黑暗、战胜困难的事例教育和鼓励孩子，使其逐渐改变胆小、敏感、羞怯等性格。

宝宝人生第8月

宝宝成长进程

　　8个月的宝宝可以在没有支撑的情况下坐起，还可以一边坐着一边玩，并且能左右自如地转动上身，也不会使自己倾倒。他现在可以在父母的扶助下站立片刻，并能由立位坐下。此时的宝宝已经学会爬了，这是他达到的一个新的发育里程碑。这使他有了更大的随意性，想要什么东西，即便没有别人帮忙，他也可以自己去拿来了。

　　宝宝的小手变得更加灵活。他基本上已经可以很精确地用拇指、示指和中指捏东西了，他会对任何小物品使用这种捏持技能。如果你演示给他看，他甚至会做捏响指的动作。他会使劲地用手拍打桌子，对拍击发出的响声感到新奇有趣；能同时玩弄两个物体，如把小盒子放进大盒子，用小棒敲击铃铛，两手对敲玩具等；会捏响玩具，也会把玩具给指定的人。

　　此时他也许非常喜欢听"唰唰"的翻书声和撕纸声，他常常将书翻得哗哗作响，把纸撕扯得宛如面条状，这让他感到极大的满足和快乐。

　　宝宝的发音也明显增多。当他吃饱睡足情绪好时，常常会主动发音，他能够将声母和韵母音连续发出，出现了连续音节，能发出"大大、妈妈"等双唇音，能模仿咳嗽声、舌头"喀喀"声或咂舌声。除了发音之外，孩子在理解成人的语言上也有了明显的进步。他已能把妈妈说话的声音和其他人的声音区别开来，可以区别成人的不同的语气，还能"听懂"成人的一些话，并能用动作做出相应的反应。比如你说"爸爸呢"，他会将头转向父亲，对宝宝说"再见"，他就会做出招手的动作。他还懂得说"不"的意思。

早教导言

8个月的宝宝正经历一场好奇心极强的早期探索时期。所以，要让宝宝最大限度地接近他所生活的区域，这是发展宝宝的好奇心的一种既自然又有效的方法。这时的宝宝喜欢满屋子乱爬，或专心致志地在地板上玩那些他特别感兴趣的东西，不厌其烦地把一样东西反复打开再合上。对于他手中的玩具，还经常会出现各种"粗鲁"的行为，如抓、咬、拉、摔、打等。你大可不必为此伤透脑筋，甚至勃然大怒，因为这正是宝宝早期的探索活动。宝宝由于对玩具产生了兴趣，所以想通过各种方式来了解玩具。家长应尊重宝宝自身的意愿，在他不伤害到自己的前提下，让宝宝尽情地进行他的"探索之旅"，以此来培养宝宝的好奇心和探索精神。

开心·妈妈早教妙招

打造小小演说家
——宝宝语言潜能启智开发训练

生活中学语言

每天起床时，边给宝宝穿衣服边说："起床了，穿衣服了，这是宝宝的上衣，这是裤子、袜子，这是鞋。"给宝宝喝水吃饭时，也要拿着实物，对他说："这是宝宝的杯子，这是碗、小勺子。"总之，在日常生活中每做一件与宝宝有关的事都要尽量告诉他，这是什么，那是什么。逐渐地，家长可以拿着宝宝常用物品提问他，让他用眼神或动作来寻找所问的物品。家长还可不断重复物品的名称，让宝宝模仿发音，只要宝宝能发出音来，就要称赞和鼓励。

小小读书郎

妈妈抱着宝宝，一边翻画书，一边对宝宝说："妈妈给宝宝讲个故事听，好吗？"选择的故事要适合宝宝的月龄，故事不要太长，内容要符合孩子的理解能力，语言要简洁规范，不要用儿语。有能力的家长可自己为宝宝编故事，让宝宝做故事里的主人公，他会更高兴。通过讲故事给宝宝听，培养他从小爱听故事、喜欢图书的好习惯，给8个月大的宝宝读故事，两三遍之后，他就能够意识到文字的排列顺序了。给宝宝读书、讲故事，对他学习语言是很有帮助的。

让宝宝动起来
——宝宝运动潜能启智开发训练

爬大山爬小山

妈妈搂着宝宝顺势平躺下来，让宝宝从一侧爬越妈妈的身体到另一侧。"宝宝爬山喽！""宝宝好厉害！"妈妈侧躺，增加山的高度和爬的难度。然后，把卷紧的被子放在妈妈身体的一侧，约伸展一臂的距离，让宝宝在被卷上和他的身体之间来回爬，上下爬。妈妈躺在一边保护宝宝，并为宝宝加油呐喊。它可以锻炼宝宝大动作的灵活性，提高他身体的协调性。

独上高楼

在适合宝宝爬行的阶梯上，铺上小毯子之类的柔软物。和宝宝一起坐在阶梯口，在第一个台阶上放一个玩具，吸引宝宝向上爬，去拿玩具。你要在一旁适时地扶他一把。把另一件玩具放在第二个台阶上，吸引宝宝往更高处爬。宝宝抓住玩具的时候，在下一个阶梯上放另一个玩具让他去拿。

宝宝拣豆豆

在地板上铺上毛毯，让宝宝坐在毯子中间。把一些冷却后的熟豌豆倒在他的面前，让宝宝随意挑拣豌豆，并允许他把豌豆放进嘴里。如果需要，可以先示范几次给宝宝看。也可以用切好的水果片取代豌豆，但是要切得小些，以免宝宝被噎住。妈妈要陪着宝宝一起进行这个游戏，以防他一次把很多豌豆放进嘴里，这可是万万不行的。这个游戏可使宝宝的手指更加灵活，促进他精细动作的发展。

丢丢捡捡

你的小宝宝正在探索"地球引力"的奥秘，所以他会把东西从桌子上一样一样地扔到地板上。此时的你，不要着急也不要恼怒，你只需坚持不懈地去给他捡起来，让他继续进行他的"探索之旅"。如果方便，你还可以给他几个乒乓球，并在他的桌子下放一个篮子，让他练习瞄准，发射！

尽情展示宝宝的才艺
——宝宝艺术潜能启智开发训练

寓教于乐的乐器

不妨让你的小宝宝多接触一些节奏乐器。那些可以用敲打、摇动、拍击和摩擦的方式产生声音的乐器都属于节奏乐器。像三角铁、沙球、手摇铃等节奏乐器就非常适合宝宝，因为这类乐器通常是被宝宝拿来当玩具玩的，所以特别容易让宝宝接受。此外，还有一种就是可以奏出旋律音调的乐器，像钢琴、电子琴等。可以让宝宝认识这些旋律乐器，经常听这类乐器演奏的曲子，感受这些旋律乐器外形、音色等方面的区别。

世界尽在我掌握
——宝宝观察、创造潜能启智开发训练

我的玩具

把几件小玩具放在宝宝床上，让宝宝坐在玩具中间，当他伸手要拿某个玩具时，先告诉他玩具的名称，再用手挡住他的眼睛，将该玩具换个地方，放开手再让宝宝去拿，如果能拿对这些玩具的一半以上，说明他对玩具的名称了解了，并记住了这些玩具。经常进行这个游戏，可以提高宝宝的观察和记忆能力。

不一样的爸爸妈妈

妈妈戴上帽子、头巾或是改变一下发型，使自己和平常宝宝所见的样子略有不同，然后用亲切的口吻对宝宝说："宝宝，看看我是谁。"然后将装束拿掉，将平常的面貌展现在宝宝的面前。爸爸可以忽而戴上眼镜，忽而将眼镜摘下，借着各种变化与宝宝逗乐，这可以培养宝宝的观察力和注意力。宝宝一开始可能会对装扮后的爸爸、妈妈没有反应，应给宝宝一定的时间，宝宝会根据眼前这个"陌生人"的声音和动作，辨认出妈妈或爸爸。宝宝一旦发现眼前的人是妈妈或爸爸时，会显得异常高兴。

一个一个跑出来

把手绢和纱巾一一连结起来，扎上小铃铛和小玩具，统统放入面巾盒里，盒口留一截出手绢。宝宝坐在床上或者地毯上，面巾盒放宝宝身前，妈妈示范，慢慢拉出手绢和纱巾，"一个一个跑出来，这是什么?"让宝宝拉，妈妈用夸张的表情和语言表示开心，鼓励宝宝。这些看似简单的拉扯动作，可以刺激和培养宝宝理解因果关系，促进宝宝预测、想象能力的开发。

小鬼也能当大家

——宝宝生活、交往潜能启智开发训练

学会说再见

爸爸出门时对宝宝说："我要出去了，再见。"同时向妈妈和宝宝摆摆手；妈妈拉起宝宝的手边向爸爸摆手边说："再见，再见！"只要有机会，就这样做。渐渐地，宝宝听到妈妈说"再见"，或者看见家长离开时，就会摆手表示再见。另外，"你好"、"谢谢"等，也可结合日常生活教宝宝练习。这可使宝宝学会文明礼貌用语，从而更好地与人交往。

分享的快乐

宝宝吃点心的时间到了，爸爸、妈妈高兴地拿出食物，向宝宝介绍食物的名称，跟宝宝说："妈妈吃一口好不好？""给爸爸一块行吗？"表现出很想和宝宝一起吃的愿望。还可以配以儿歌，如："大苹果果香又香，爸爸和宝宝尝一尝，啊呜啊呜真好吃。"然后，父母帮助孩子拿着食物，宝宝吃一口，大人吃一口，一起分享食物。此游戏是为了让宝宝初步感受与他人一起分享的快乐。

宝宝心语

学会爬了真好，现在我想去哪儿，不用别人帮忙，我也可以自己爬去了。但是，妈妈怕我把衣服和手弄脏了，还说到处乱爬太危险，总是在我刚爬到半路时，就给我抱起来了。妈妈，别抱我，让我运动运动吧！

早教贴心提示

宝宝会爬才聪明

现实生活中的许多宝宝，没有学会爬便学会了走路。这主要缘于现在的许多家长怕孩子弄脏了衣服，怕孩子到处乱爬危险，所以整天将宝宝抱在怀里或放在小车里，根本不给宝宝学爬的机会。其实，爬在孩子的成长过程中，是具有里程碑意义的行为。

爬行能促进大脑及各个神经纤维间的通畅联系。由于婴儿的前庭功能发育较早，所以视觉、听觉最先与前庭统合。宝宝爬行时，往往是向着一个目标而去，这个目标物会引起宝宝视、听的兴奋。八个月时前庭和小脑的协调使身体活动时有了保持平衡的可能，爬行训练可以加强前庭与感觉系统的统合，使身体感觉灵活，从而促进大脑的发育。而且在爬行时，左右肢体交替轮流运动的冲动通过脑桥交叉，这样几乎整个大脑都处在活动之中。爬行使宝宝主动移动自己的身体，加大了接触面，扩大了宝宝认识世界的范围，促进认知能力的发展，有利于思维和记忆的锻练。因此，充分爬行是全方位的感觉统合训练，对于大脑各部位的发育及大小脑、神经系统之间的联系、回路网的建立，都是有好处的。

爬行还是一种综合性的强身健体活动。在爬行时，头颈仰起，胸腹抬高，靠四肢交替轮流抬起，协调地使肢体负重，这不仅锻炼了胸腹、腰背、四肢等全身大肌肉活动的力量，还增强了肢体活动的协调性和灵活性，锻炼了肌肉的耐力，能使每条肌肉都能充分发育，为以后的站立和行走打下坚实的基础。

让宝宝充分地爬行，既能强身健体，又可使宝宝大脑更聪明，这是任何其他运动所不能取代和比拟的。所以，一定不要让宝宝错过学爬的好时机！

宝宝人生第9月

宝宝成长进程

　　9个月的宝宝不用扶也能坐很久了，并会由坐姿改为爬行。他爬得越来越好了，如果有足够宽敞的空间，他可以爬到房间里的每个角落，而且爬行时还能随意转身。由于腿部力量的加强，现在你只要扶着他的手或让他扶着栏杆，宝宝就能站起来，甚至能扶着东西双脚横向跨步。他会抱娃娃、拍娃娃，模仿成人的动作。双手会灵活地敲积木，会把一块积木搭在另一块上或用瓶盖去盖瓶口。此时的宝宝还会出现一个非常重要的动作，就是伸出示指。他常常喜欢用示指抠东西，例如抠桌面、抠墙壁、抠布娃娃的眼睛。这些动作的出现不是偶然的，是孩子心理发展到一定阶段表现出来的能力，是他认识事物的一些探索性的动作。

　　他知道了自己的名字，叫他名字时他会答应。如果他想要拿某种东西，家长严厉地对他说："不能动！"，他会立即缩回手来，停止行动。这表明，九个月的宝宝已经开始懂得简单的语意了。这时大人和他说再见，他也会向你摆摆手；给他不喜欢的东西，他会摇摇头；当他听到熟悉的音乐声时，能跟着哼唱。

此时的宝宝已经能够认识五官和一些图片上的物品，他会随着音乐有节奏地摇晃，会有意识地模仿一些动作，如喝水、拿勺子在水中搅等。他懂得了害羞，会配合穿衣，会与大人一起做游戏。

他对母亲更加依恋了，这是分离焦虑的表现。对陌生人感到焦虑是孩子情感发育旅程中的一个里程碑。即便以前与孩子相处很好的亲属或看护者，他现在也会表现为躲藏或者哭泣。这种情感分离上的焦虑通常在10~18个月期间达到高峰，在一岁半以后慢慢消失。

早教导言

现在你的宝宝要开始练习走路了，这个时期可将宝宝放在学步车内，任由孩子朝着自己的方向前进。但不能放进出整日不去管孩子，这对孩子的危害极大。学步车虽然可以解放父母，但久留孩子在学步车内，会使其失去学习各种动作的机会。如果宝宝处在学爬期，使他得不到爬行的锻炼；宝宝处在学站、练走的阶段，不给他独站的机会，将来走路也会迟些。这不利于促进宝宝身体的全面发展。

鉴于本月的宝宝喜欢体验示指抠洞的快感，你可为宝宝提供一些适合他月龄的玩具，如小筐、有盖子的小盒、小瓶、套碗等。要多给宝宝提供机会，让他做一些探索性的活动，而不应该去阻止或限制他。

9个月的宝宝是喜欢接受表扬的宝宝。他会为你表演游戏，如果听到喝彩称赞，就会一遍遍地重复原来的语言和动作，这是宝宝能够初次体验成功欢乐的表现。而这种成功的欢乐是一种巨大的情绪力量，是智力发展的催化剂，极大的助长了宝宝形成自信的个性心理特征。所以，不要吝啬你的赞美，为宝宝由衷地喝彩吧！

打造小小演说家

——宝宝语言潜能启智开发训练

厨房里的语言

语言是无处不在的。即便是你在厨房做饭时，也不要忘记这是你的小宝宝学习语言的绝好时机。当你准备食物时，和他谈论每一件你正在做的事情。比如，当你搅拌的时候，你就说："我在搅拌。"当你倒水的时候，就告诉他说："我在倒水"。当你洗菜的时候，你就说："我在洗菜"。同时，还要告诉他你所用的不同食物和器皿的名称，如"我正在用碗盛饭""这是电饭锅""那个盛菜的是盘子"等等，以促进他语言的发展，扩展他的词汇。

让宝宝动起来

——宝宝运动潜能启智开发训练

扶物行走

让宝宝站在小床的一头，双手扶着床栏杆站好，妈妈站在小床的另一头，用玩具吸引宝宝说："宝宝走过来，走过来。"他会扶着床栏杆横着迈步。将宝宝抱在地上，让他扶着茶几等家具的边缘练习行走。妈妈还可站在宝宝前方，握住他的双手，鼓励他向前迈步。如宝宝能探索着向前迈步，就要给予表扬和鼓励。

弯腰取物

让宝宝站在床上，在他面前放一只小玩具，家长在宝宝身后，用一只手搂住宝宝腹部，另一只手扶住宝宝双膝，使其呈站立状态，然后让宝宝弯腰拿起玩具，帮助他立起身来并给予鼓励。练习熟练后，可让宝宝一手扶着小床栏杆站着，在他脚前方放一个玩具，家长在旁边引导宝宝弯下腰，用不扶栏杆的手拿起玩具，同时给予鼓励。

钻拱桥

大人双腿跪下，两手撑在地上，形成一个"拱桥"，让宝宝迅速地从"拱桥"下面钻爬过去。如果宝宝爬得不够快，你就将身体往下轻轻一压，让他意识到慢了就会过不去。经常同宝宝做这个游戏，他的钻爬能力就会大大提高。

小·狗追大狗

大狗妈妈爬着追小狗宝宝，或者小狗追大狗。大狗可以假装爬得很慢，或者中途突然加速，或者"汪汪"叫，可用各种变化来增加游戏的气氛。抓住宝宝，或者被宝宝抓住了，妈妈可以把宝宝抱起来，"大狗妈妈被抓住啦，小狗汪汪真厉害！""宝宝爬得真快，妈妈好不容易才抓住宝宝呐！"这个游戏不仅锻炼了宝宝的爬行，而且使其接受环境刺激的机会增多，从而促进大脑发育。

尽情展示宝宝的才艺

——宝宝艺术潜能启智开发训练

让我们来跳个舞

你可以安排一些固定的时间，挑选不同形式的音乐，如儿歌、合唱、民族音乐等，放给宝宝听。也可以在平时，播放一些很轻柔的背景音乐，但要避免摇滚乐之类的亢奋音乐，而且不要 24 小时不停地播放。在播放优美的音乐时，妈妈可抱着宝宝随节奏轻轻摆动身体，可以抱着宝宝做转圈、跳跃等动作，让宝宝感受较大幅度的身体运动。妈妈也可以扶宝宝站在地上或自己的腿上，逐渐加上手的动作，帮助宝宝随妈妈做些动作。与宝宝跳舞的节奏和动作应尽量放慢速度。妈妈要用欢快的情绪感染宝宝，让宝宝乐意参与游戏。

世界尽在我掌握

——宝宝观察、创造潜能启智开发训练

识别大小

妈妈拿一大一小两只苹果放在桌子上，反复告诉宝宝："这是大苹果，那是小苹果。"让宝宝指认。然后，把苹果换成布娃娃，对宝宝说："妈妈抱大娃娃，宝宝抱小娃娃。"看宝宝是否将小娃娃抱在手里。如果宝宝抱错了，也不要着急，因为他对大与小的反应只是一种最低级、最基础的直觉反应。即使宝宝抱对了娃娃，也不等于说他就有了大与小的概念，只有在他面对各种物体都能指出大与小时，才算真正有了这种概念。此游戏可锻炼宝宝的观察能力和辨别能力，建立起大与小的概念。

挤一挤

收集各种可以挤压的物品，如彩色橡皮泥、海绵、挤压玩具、压力球等。让宝宝坐在地板上，将其中一个可以挤压的物品放在宝宝面前，让宝宝去研究它一番，鼓励他去挤压它。几分钟后，换另一个可以挤压的物品。依次让宝宝玩遍所有的东西。将物品打乱顺序，让宝宝再次从头挤压。还可以把物品放进宝宝的小袜子里，让宝宝看不到，然后再让宝宝隔着小袜子去挤压它们，还可以把物品放在小手帕、毛巾底下，让小宝宝隔着这些东西挤压玩具。这个游戏可以让宝宝体验不同物品带来的不同感觉，从而开发宝宝的想像力和创造力。

滑稽变脸术

找一面稍大的镜子，梳妆镜、橱柜镜或立于桌上的镜子都可以。抱着宝宝坐在镜子前。取下约30厘米长的透明胶带，对着镜子扮个鬼脸，然后用胶带把你的这个表情粘住。胶带可以使你的嘴巴扭曲、眉毛上扬、鼻子变平、眼皮下垂。再说些有趣的事来配合你的表情，教会宝宝撕下你脸上的胶带，再重新扮个鬼脸，用胶布把这个表情留住。撕下胶带后，和宝宝一起快乐地开怀大笑。这种方法在逗宝宝开心的同时，又可以培养他的观察力和想像力，促进其创造力的开发。

宝宝的魔方

拿一个方形的空纸盒，在它的六面贴上彩色的图片。当宝宝转到其中一个画面时，妈妈就告诉他："这是小鸭"，"这是熊猫"，"这是公鸡"等。当宝宝比较熟悉画面后，让他听指示，指出"小鸭在哪？""熊猫在哪？"画面的内容可以是宝宝感兴趣的任何东西，如动物、花草、交通工具等，而且画片要及时更换，以使孩子保持新鲜感。在游戏过程中，宝宝的双手必须不断协调地转动方盒，这对他左右脑的协调发展非常有利。这个游戏可以发展宝宝的观察力及双手协调的活动能力。

小鬼也能当大家
——宝宝生活、交往潜能启智开发训练

追爸爸，追妈妈

游戏开始，妈妈抱着宝宝，对宝宝说："宝宝，爸爸呢？我们去追。"爸爸假装逃跑，妈妈抱着宝宝去追，并扶住宝宝的小手去触摸爸爸的脸颊、胡子等，逗宝宝"咯咯"地笑。爸爸和妈妈调换角色后，游戏继续进行。父母要密切配合，保持适当的距离，激发宝宝对游戏的兴趣。宝宝非常喜欢玩追逐的游戏，游戏时会出现大笑、尖叫的情绪体验，并发出"嗯、嗯、嗯"的声音表示还要继续游戏。此游戏可让宝宝体验与人交往带来的快乐。

妈妈做，宝宝学

选择宝宝情绪愉快的时刻，和妈妈相对而坐。妈妈开心地做拍手、摇头、噘嘴、插腰、做怪脸等动作，边说边动，让宝宝开心地模仿。妈妈拿梳子假装梳头，同时说"我在梳头发"；拿起牙刷模仿刷牙的动作，说"我在刷牙"，还可以做洗脸、给娃娃把尿、洗澡、穿衣等模仿游戏。如果宝宝能跟着大人模仿，一定要表扬他。平时，可用同样的方法让宝宝模仿"再见"、"谢谢"等基本礼仪。

 宝宝心语

今天我真高兴，妈妈拿出的图片我都认识了，那是鼻子、嘴巴、眼睛和耳朵。妈妈夸我真聪明。可是，当我用示指去抠布娃娃的眼睛时，妈妈却阻止我，说我是在搞破坏。其实，我就是想知道布娃娃的眼睛里有些什么？

早教贴心提示

宝宝的最佳学习方式——游戏

主动探索和积极学习是开发智力的金钥匙，而这把金钥匙就是游戏铸造出来的。宝宝的成长离不开游戏，游戏是儿童的最佳学习方式。

游戏是构成发展儿童观察力的有效手段。在游戏活动中，儿童无时无刻不在观察着周围的环境和事物，丰富感性知识，使游戏顺利开展；游戏与想象关系密切。儿童游戏中，想象的主要表现是联想。儿童所产生的新颖联想，能帮助他们积极主动地解决问题，从而表现出极大的创造性；游戏发展了儿童的记忆。由于大多数游戏反映儿童经历过的事件，因此需要儿童不断地有意回忆或追忆过去的事件。儿童在游戏中，是以记忆表象的方式保持过去的经历的；游戏促进了儿童思维的发展。在游戏活动中，怎样确定主题，多个角色之间如何共同行动，如何把过去的经验与当前的情境结合，这一切都需要儿童积极地思考，不断解决问题。由于儿童游戏包含想象成分，因此游戏中儿童的发散性思维特别明显。当然，儿童思维具有极大的情境性，受到游戏环境的制约。在具体的游戏活动中，各种认知成分往往是作为一个整体贯穿于游戏的全过程，并主要通过语言和操作两种活动方式表现出来。

宝宝是伴随着游戏成长起来的，对于宝宝而言，游戏就是他们每天的工作。所以，父母应多给宝宝提供游戏的机会和条件，并更多地参与到宝宝的游戏中来，这样才能使宝宝的智力和身心得以更健康地发展。

宝宝人生第 10 月

宝宝成长进程

　　宝宝的身体动作变得越来越敏捷，他能很快地将身体转向有声音的地方，并可以迅速爬行。他可以拉着栏杆从卧位或者坐位站起来，扶着家具能

站立稳，并且能够独自站立片刻，双手拉着妈妈或者扶着东西会蹒跚挪步。有的宝宝已经能一手扶物，一手蹲下捡东西了。

　　他会将身边的小玩具扔到床下，随后大声喊叫，让别人帮他拣回来，使得他可以重新扔掉。如果你向他滚去一个大球，起初他只是随机乱拍，随后他就会拍打，并可以使球朝你的方向滚过去。

　　此时的宝宝已经会叫妈妈、爸爸了，能够主动地用动作表示语言。开始能模仿别人的声音，并要求成人有应答，进入了说话的萌芽阶段。在成人的语言和动作引导下，能模仿成人拍手、挥手再见和摇头等动作。

　　到了这个月，有的宝宝开始对图画书表现出浓厚的兴趣。线条鲜明、色彩丰富图画，如动物、水果、食物和车辆等，宝宝都能辨认，并且喜欢不

已。他会一遍一遍要求你给他讲解、指认。他能够认识常见的人和物，开始观察物体的属性。从观察中他会得到关于形状、构造和大小的概念，甚至他开始理解某些东西可以食用，而其他的东西则不能，尽管这时他仍然将所有的东西放入口中，但那只是为了尝试。遇到感兴趣的玩具，他会试图拆开看看里面的结构。体积较大的，知道要用两只手去拿，并能准确找到存放食物或玩具的地方。此时的宝宝能配合穿衣时伸手，穿鞋、袜时伸脚，生活已经很有规律了，每天会定时大便。

孩子的自我概念变得更加成熟，他喜欢被表扬，会主动亲近小朋友。以前你可能在他舒服时指望他能听话，但是现在通常难以办到，他将以自己的方式表达需求。即使他可以理解你说"不"的意思，他也可能根据自己的意愿行事。

在这个阶段，孩子通常会表现出胆小和害怕，他怕黑暗、怕打雷以及各种奇怪的声音。他喜欢和成人交往，并模仿成人的举动，总喜欢拉着妈妈的衣角以引起她的注意。

宝宝的记忆力大大增强了，可以记得一分钟前被藏到箱子里的玩具，而且极其有耐心地能单独揣摩一个多小时。他会伸出手将玩具交给你，但不肯放手。

早教导言

9个月以后，宝宝的发展变化比以前几个时期更加迅速了。随着认知能力的形成，宝宝知道即使闭上眼睛，眼前的物体也不会消失。有了这点新发现之后，"躲猫猫"成了宝宝最喜欢的游戏，而把玩具从高高的椅子上扔下来则成了宝宝永不枯竭的快乐之源。所以，不要为宝宝反反复复的举动感到不耐烦，多参与到宝宝的游戏中来，才能使他身心得以更健康的发育。

本月的宝宝已经进入了说话的萌芽阶段，尽管它还是一些快而不清楚的声音，但只要孩子的声音有音调、强度和性质的改变，他就是在为说话作准备。所以，你要不厌其烦地与他进行交流和对话。在他说话时，你反应越强烈，就越能刺激宝宝与你进行语言交流，从而促进他语言智能的发展。

此时，应该开始训练宝宝一些基本的生活技能了，以此来培养他的独立性。首先要使宝宝养成独自玩耍的习惯，在确定宝宝所处环境是安全的之后，鼓励他一个人独自玩耍，但要时时查看他的行动动静；其次，鼓励宝宝自己独立去做一些事，在他完成一个新的动作和新的技能时，要给予充分的肯定。

开心·妈妈早教妙招

打造小小演说家

——宝宝语言潜能启智开发训练

小·喇叭嘀嘀嗒

"吹"的动作对宝宝说话发音有帮助，口腔多做吹气的动作，可增进说话的能力。当宝宝第一次拿到喇叭，不知道如何去吹，妈妈可对着宝宝的脸轻轻吹气，然后再吹喇叭给宝宝看。这个时期，大多数宝宝已经开口学说话了，我们应该进一步训练宝宝的说话能力。日常生活中宝宝有机会经常练习张、闭、吸、吞、咀嚼等口舌运动，而很少有"吹"的动作。因此，我们可以用吹喇叭来训练宝宝"吹"这个动作。

妈妈说，宝宝听

带宝宝外出散步的时候，不时地跟他说你所看到的东西——"看，那是一只小狗！"、"好大的一棵树啊！"、"宝贝，你听到自行车的铃声了吗？"……这些都是扩充宝宝词汇的机会，总之，你跟他说得越多，就对他语言能力的发展越有帮助。

小·小·建筑师

抱宝宝坐在桌子前面，把彩色方积木散放在桌子上。大人先示范，将两块方积木并排放好，说："宝宝把两块积木摆好。"宝宝会模仿去做，摆好了，要表扬他。大人再将一块积木放在另一块上说："宝宝把积木搭起来。"如果宝宝做对了，就给予鼓励。

拉着妈妈站起来

让宝宝坐着，妈妈抓着他的双手，轻轻地帮助宝宝站起来，鼓励他："宝宝站起来喽，好能干"。然后再轻轻地让他坐下，"宝宝坐下去啦，真厉害！"一站一坐，反复练习。妈妈使的力量由大到小，逐步发动宝宝自己的力量和主动控制意识。经常玩这个游戏可以锻炼脚跟和腰部的肌肉力量，练习将身体重心移到脚底，有助于孩子学习走路。

钻山洞

拿一个装冰箱、洗衣机的空纸箱，将纸箱两头的盖和底剪掉，使纸箱成为一个方形的筒状。将纸箱横放在地上，把宝宝放在纸箱一头，然后妈妈到另一边，从纸箱里看宝宝，鼓励他钻"山洞"，爬到妈妈这边来。注意改造纸箱时，纸的边缘要用胶条粘上，因为纸边有可能会划破宝宝细嫩的肌肤。

马术表演

爸爸平躺在地毯或大床上，宝宝坐在爸爸身上，大手握宝宝小手。骑马奔跑"得儿得儿"，爸爸忽而上下颠动身体，忽而左右摇晃身体，嘴里发"得儿"声，让宝宝感受着颠簸和晃动。也可让宝宝站在马背上，爸爸先保持身体不动，让宝宝在爸爸的肚子上站一会儿。等宝宝适应了再开始颠簸摇晃，由慢到快，由缓和到剧烈。爸爸要根据宝宝的情况适时调整动作幅度，自由发挥，尽量鼓励宝宝主动做动作，如伸曲膝盖、摇晃身体、爬上坐下，保持欢快的气氛，让宝宝在游戏中体验运动带来的快乐。

尽情展示宝宝的才艺

——宝宝艺术潜能启智开发训练

给宝宝创设一个艺术区

在宝宝的生活环境中，为宝宝开辟一个艺术的专属地是非常重要的。这个艺术区可以是一个独立的房间，也可以只是客厅或阳台的一个角落。在艺术区里，可以分类摆放一些宝宝需要的艺术活动用品，如：录音机、小钢琴、电子琴、小喇叭、自制的打击乐器等，随着宝宝年龄的增长，你可以不断扩充里面的物品，如油画棒、印章、纸张等。不要忘记给宝宝留一块自由涂鸦的空白区，因为，这是宝宝心灵任意驰骋和放飞的地方。在艺术区里，还要培养宝宝把使用过的用品放回原处的良好习惯。

世界尽在我掌握

——宝宝观察、创造潜能启智开发训练

飞舞的萤火虫

大人和宝宝一起呆在房间里，关掉电灯，打开手电筒，让灯光照在宝宝身边的墙上，并不断移动，吸引宝宝注意，鼓励宝宝去抓住"萤火虫"。刚开始游戏时，宝宝可能不能适应黑暗，会感到惊慌。大人这时要好好安抚宝宝，让宝宝慢慢适应黑暗的环境。手电筒移动的速度不宜过快。在移动光源时，大人可引导宝宝观察墙上的影子："宝宝看，萤火虫飞到哪里去了？"通过黑暗与明亮的对比，刺激宝宝的视觉，激发宝宝的想像力和创造力，培养宝宝勇敢的品质。

床下寻宝

小宝宝充满了好奇心，他们喜欢到处钻，发现角角落落里的小秘密。你可以将床下或桌子底下打扫干净，并且放上一些小玩具，给宝宝创造一个充满趣味的探险胜地。然后给宝宝穿上袜子和厚实一点的衣裤，将宝宝放在地上，对宝宝说："里面有个好玩的东西，去找找看是什么？"宝宝的好奇心会驱使他去寻找宝藏。如果床下或桌下太黑，宝宝会拒绝寻找，这时家长可打开灯，或是将桌布、床罩向上折，使光线穿过，甚至让宝宝隐约看到玩具的影儿，激发宝宝去寻找。此游戏可激发宝宝的好奇心，发展其想像力和创造力。

小鬼也能当大家
——宝宝生活、交往潜能启智开发训练

宝宝学喝水

当宝宝口渴要喝水时，家长在小碗或小水杯里盛小半碗温开水，教宝宝用双手把碗端到唇边，然后把水喝掉。刚开始，宝宝可能张着嘴却吸不进一口水，或将水倒在脖子、衣服上，家长不要着急，要手把手耐心教他，直到学会。

服从命令听指挥

宝宝仰卧在床上，家长举一件他喜欢的玩具靠近小床，发出命令："宝宝翻身——爬过来。"引导他来拿玩具。当宝宝爬过来后，家长把玩具举高：

"宝宝扶栏杆，自己站起来拿玩具。"宝宝听从命令完成了一系列动作后，将玩具给他，并给予亲吻与奖励。如果宝宝只完成了一两个动作，家长不必着急，可一边重复命令，一边协助他完成动作，加深他对命令的理解，使宝宝学会服从命令。

宝宝心语

　　我喜欢和妈妈说说话，我更喜欢和爸爸一起做游戏。爸爸的玩法儿和妈妈的不一样，总是给我一些新的感觉和刺激。可爸爸经常忙得不在家，爸爸，你能天天陪我玩一会儿吗？

早教贴心提示

父爱越多孩子越聪明

　　与母爱相比，父爱对孩子智力影响更大。父亲陪在孩子们身边的时间长短可以影响他们在数学方面的能力，父亲精心照顾的孩子，对外界刺激的敏感性、生活的独立性及自信心更强，性格更加宽容，且更富有责任感。研究显示，父亲对育儿的参与程度越高，孩子就越聪明。

　　那些长期缺少父亲陪伴的孩子在性格和心理上很容易出现偏差，他们在同情心、推理和大脑发育方面都不如那些父亲经常陪在身边的孩子。他们更容易有攻击性，在学校里不受欢迎，且不愿意为自己的不良行为承担责任。父亲对孩子的影响，从孩子出生就已经开始，不管是在家里或是在其他陌生的场合，婴幼儿和儿童都渴望得到父亲的爱抚。尽管父亲爱抚孩子的方式同母亲不一样，如他们喜欢抛起孩子、摇晃孩子的手脚等，但这种有力度而别具风格的照料方法对孩子有一种特殊的吸引力。所以，年轻的爸爸们，为了孩子更健康、更聪明，你一定要多抽出时间照料和陪伴自己的孩子，充分满足孩子对父爱的需求。

好爸爸应该这样做：

◎不管工作多忙，下班回家也要先抱抱孩子，协助妻子给宝宝洗澡、换尿布、帮助孩子洗脸、刷牙、整理床铺、穿脱衣服。

◎多和孩子交谈，倾听他对你的讲话。

◎一有机会便带领孩子到公园、郊外游玩。

◎要做孩子的玩耍伙伴常和孩子玩耍，使自己"归真返朴"，回到童年，让自己进入孩子的"玩伴"角色，认同和遵守孩子们的游戏规则。

◎要让孩子在家里时精神宽松愉快。不要强行让孩子规规矩矩地不吵不闹，不能因工作忙而厌烦孩子，更不能因工作不顺心就向孩子发脾气。

宝宝人生第 11 月

宝宝成长进程

　　此时的宝宝开始会蹲了，能慢慢地、轻轻地蹲下，站立时也比以前更稳当了。你用手牵着他时，他已经会走步了，所以在没人帮助时，他也能依靠其他物体在家里移动。显然他下半身的动作发展有了很大的进步。手指动作也更加精细，能用手捏起扣子、花生米等小的东西，能将小物品慢慢地装进瓶子里，然后再将它们倒出来。能用双手很灵活地，自己剥开糖纸。他的手能握住小水杯，还想尝试着把水杯靠近嘴里喝水。他能推开较轻的门，拉开抽屉，能试着拿笔并在纸上乱涂。会模仿成人擦鼻涕、用梳子往自己头上梳等动作。这个时期的宝宝，有盖子的盒子能令他十分好奇，他会反复打开又盖上。也很容易被带有运动部件的玩具所吸引——旋转的轮子、可以移动的杠杆和可以闭合的铰链，小孔也会让孩子着迷。

　　此时的宝宝对语言的理解能力进一步提高，已能按语言命令行事。在大人的提醒下会喊爸爸、妈妈，会叫奶奶、姑、姨等。会一些表示词义的动作，如竖起手指表示自己一岁。能模仿大人的声音说话，说一些简单的词。喜欢模仿动物的叫声，如小狗"汪汪"，小猫"喵喵"等。能把语言和表情结合在一起，对简单的问题能用眼睛看、用手指的方法做出回答，如问他"小猫在哪里"，孩子能用眼睛看着或用手指着猫。喜欢发出咯咯、嘶嘶等有趣的声音，笑声也更响亮，并反复重复会说的字。

他已经能指出身体的一些部位。不愿意母亲抱别人，有了初步的自我意识。吃饭时想自己拿勺，拨弄食物，不喜欢大人搀扶或抱着，显示出更大的独立性。他喜欢做任何让你发笑的事情，并且会一遍一遍地反复做。喜欢和你一起"读"简单的书。在你为他脱衣服时，他会举起胳膊协助你，还会在穿裤子时伸腿，用脚蹬去鞋袜。不喜欢单独一人被留下，特别是留在床上。他还懂得选择玩具，逐步建立了时间、空间、因果关系，如看见妈妈倒水入盆就开始等待洗澡。在游戏中能试着把玩具给别人，宝宝与人交往的能力不断增强。

早教导言

本阶段的宝宝，除了利用视觉和听觉去了解周围的事物外，还能用心去感受、去体会。所以，即使眼前的东西突然消失了，宝宝也知道在某个地方必定能找到它。比如当大人把玩具藏在身后时，宝宝知道围着大人转圈寻找。这显示了宝宝的记忆力已由浑噩逐渐变得清晰而有条理了。

此时，他不再是被动地等待大人将东西交给他，而会主动地对身边的世界做出积极的探索。这时你可以借助一些游戏来激发宝宝的探索欲望。比如玩串珠子的游戏，让宝宝创造出不同的形状和图案，也可用它来教宝宝学习数数和识别颜色。当然，这个时期的宝宝，会更喜欢家里的东西，比如勺子、锅、铲子、鞋刷、笤帚、簸箕等，他觉得这些东西比玩具更有吸引力。你大可不必为此感到恼火而加以限制，这只是他探索之旅中的一个驿站，你可以为他提供一些这类的玩具，让宝宝在好奇的探索道路中不断地进步吧！

宝宝已经能根据你的语言意思来行动了。如果他想做什么，你说不行，他会缩回手去看你的脸色。宝宝常常会违背大人的意愿，做出一些不被允许的事情。这时，不要过多地指责和限制宝宝，你应该做的是清理好家庭环境，消除居室里的各种危险因素，营造一个能让宝宝充分探索、满足好奇心的环境。

打造小小演说家
——宝宝语言潜能启智开发训练

叫爸爸，叫妈妈

爸爸抱着宝宝，妈妈装出生气的样子或者向外走，爸爸便让宝宝叫妈妈；或者妈妈抱着宝宝，爸爸装出生气的样子或向外走，妈妈便让宝宝叫爸爸。这样反复训练多次，当宝宝终于有意识地叫了第一声"爸爸"或"妈妈"时，父母可拥抱或亲吻宝宝以示表扬或鼓励，这时宝宝会非常快乐。你也可训练他说一些简单的动词，如"走"、"坐"、"站"等，在引导宝宝模仿发音后，还要通过语言和示范的动作教孩子怎么做，来诱导他主动发出单字的辅音。以此培养宝宝能理解更多的语言。

宝宝，听听你的声音

宝宝正在学习说话，在你不经意的时候，他的小嘴中就会发出让你欣喜的声音。你可以录下宝宝此时的声音，若干年后这将是一笔宝贵的财富。准备好录音机和录音带，或能录音的 MP3 等设备。让宝宝舒服地坐着或躺着，你在他的身边坐好。打开录音机，对着宝宝说话，或用嘴巴发出各种声音，吸引宝宝开口说话。当宝宝发出声音的时候，让他尽情地说下去，直到宝宝说累了，就关掉录音设备，并将刚刚录下的声音放给宝宝听。这一定会使宝宝十分好奇和兴奋，从而激发起宝宝学说话的兴趣。

来，宝宝吃香蕉了

妈妈用纸将香蕉包好，然后将纸包交给宝宝，妈妈问："香蕉哪儿去了？快找出来！"开始宝宝不懂得如何去打开纸包，只会翻弄纸包，把纸包撕破才能取出香蕉。然后妈妈用另一张纸将香蕉包好，让宝宝观看妈妈打开纸包的动作。打开后，将香蕉取出给宝宝看，然后再包好，再打开，反复多次，最后宝宝学会不撕破纸能取出香蕉。当宝宝获得成功时，可以请他吃香蕉。先教宝宝打开包得较大的东西或玩具的纸包，以后可以逐渐打开较小的纸包，如包饼干、软糖和小积木等的小纸包。这个游戏可以训练宝宝手指的活动能力和模仿能力。

自己打开瓶盖

将一个带盖的塑料瓶放在宝宝面前，大人先示范打开瓶盖、再合上盖子的动作。待宝宝注视后，再让他练习只用拇指和食指将瓶盖打开，而后再合上，如此反复练习。当宝宝做对了，要给以赞扬。在此基础上，还可让他练习用塑料套杯，一个接一个套起来。此游戏可培养手的灵活性、促进空间知觉的发展。

宝宝开汽车

拿两根竹竿，爸爸妈妈各自手持竹竿的一端，面对面站立，让宝宝站在两根竹竿之间，双手扶着竹竿，从爸爸这边走向妈妈那边，再从妈妈这边走向爸爸那那边。爸爸妈妈可以一起为宝宝加油助威或念儿歌："大汽车，嘟嘟嘟，小宝宝，开汽车，开着汽车上班喽！"以此来增加宝宝学走路的兴趣。

大人也可两手握住宝宝的手，一步一步往后退，让宝宝慢慢迈步向前走，或让宝宝扶着小推车，慢慢向前推，让他学会迈步。

尽情展示宝宝的才艺

——宝宝艺术潜能启智开发训练

我是小画家

让宝宝坐在小桌前，你先用油画棒在纸上慢慢画出一个娃娃脸或小动物，再涂上各种色彩，以激起他的兴趣。然后你把油画棒给他，教他用全手掌握笔，并扶住他的手在纸上作画。再放开手，让他在纸上任意涂涂点点。不管他涂成什么样子，你都要夸奖他，以此来培养他对色彩、涂画的兴趣，促进他想像力的开发。

世界尽在我掌握

——宝宝观察、创造潜能启智开发训练

玩具大掉包

将宝宝经常玩的玩具放在桌上，如积木、球、娃娃、小汽车等。妈妈示意宝宝可以自己取玩具玩。当宝宝正要伸手去拿某个玩具时，妈妈立即用手遮挡住他的眼睛，并将玩具换到另一个位置上，然后放下遮挡的手，让宝宝去拿这个玩具，看他是否会拿对。如果拿错了，你要告诉他说："宝宝的要的玩具在这里。"指示他去拿，重复玩几次后，宝宝就逐步学会了玩。此游戏可以培养宝宝的观察和记忆能力，在理解语言及认识物体的同时发展空间知觉，感知物体位置的变动。

神奇大变脸

你躺在床上，用帽子或纱巾盖住你的脸，当宝宝给你掀开或你自己掀开时，你可冲着宝宝吐舌头；然后再盖上，再掀开，你可冲宝宝呲牙……不时地变换你的鬼脸，给宝宝一种新鲜感，在宝宝快乐的同时，让他体味不同表情带来的新鲜刺激。这个游戏可以发展宝宝的想像力，促进其创造潜能的开发。

大与小的概念

准备两个大小不一的杯子，你可以在洗澡的时候，让宝宝把水从一个杯子倒入另一个杯子。有的时候水会溢出来，有的时候却装不满，那就不妨与宝宝一起来探讨一下大与小的概念吧。这可以让宝宝在游戏中学会观察与思考。

小鬼也能当大家
——宝宝生活、交往潜能启智开发训练

剪剪指甲讲卫生

妈妈一边剪自己的指甲，一边流露出轻松愉快的表情说："咔嚓咔嚓剪指甲，双手干净多好呀！"剪完后将双手伸给宝宝看，对他说："宝宝看妈妈的手多么干净漂亮，需要妈妈也为你剪一下吗?"待宝宝消除紧张心理后，心甘情愿地伸出小手，让妈妈为他剪指甲，指甲剪完后，妈妈要表扬宝宝合作得好，使他感到合作的快乐。

小宝贝真能干

妈妈要上班去了，出门前可将帽子、手套等放在宝宝够得着的地方，然后诚恳地要求宝宝"请把帽子给我"，"把手套也递给我"。如果宝宝做对了，一定不要忘了谢谢他，并戴着帽子、手套出门去，使宝宝感到他确实为大人做了事。当你下班回来时，可要求宝宝为你拿拖鞋，宝宝会很乐意地爬过去或扶着家具走过去完成任务。这件小事他费了不少力，家长不仅要夸他聪明能干，还要赞扬他是个懂事的好孩子，以此来培养他助人为乐的好品质。

妈妈，我喜欢玩具，也喜欢家里的用具。什么铲子啦、笤帚啦、纸巾盒啦，还有好多好多东西，它们真是太好玩了。可是，当我去摆弄家里这些大大小小的物品时，你为什么总是不让我去接近它们呢？

早教贴心提示

昂贵的玩具未必适合孩子

孩子的成长总是离不开玩具。一些家长盲目赶时髦，不注意玩具的功能，认为贵的一定是好的。结果往往事与愿违，这些昂贵的玩具虽然满足了孩子一时的拥有欲望，博得短暂的快乐。但时间一长，孩子们便视它们为可有可无了。而像沙土、彩泥、积塑、穿珠、洋娃娃之类的玩具，孩子们是怎样玩也不会玩腻的。因为这些玩具的变化性大，孩子们每次都会有新的玩法。他们在游戏中体验着变化所带来的快乐，既再现了生活，又促进了手部动作的发展。你在为孩子选择和提供玩具时，应从以下几个方面加以注意：

◎玩具要适合孩子的年龄特点。

什么年龄的孩子玩什么样式的玩具，如三岁的孩子喜爱玩过家家的游戏，父母如果给他买一些过家家的材料，像洋娃娃、小盆、小碗之类的玩具，孩子们必定会喜欢。如果家长给这个年龄段的孩子买高智商的智力玩具，那么孩子们一般没有太大的兴趣。

◎玩具重在耐玩、耐用、耐开发孩子的智力。

高档玩具制作精美、引人注意，但并不一定耐玩、耐用、耐教育。像拼图、积塑、彩泥、沙土这样的玩具，不很昂贵而且还具有良好的使用特点和教育价值。在孩子玩这些玩具的过程中，他们的注意力会非常集中，创造的潜能会大大开发，语言的描述能力也将得到发展。

◎教会孩子收藏自己的玩具。

有时孩子对玩具失去兴趣，是因为他们不会整理自己的玩具。父母常常把孩子的玩具丢在一个桶里，久而久之，被压在桶底的玩具或是被孩子遗忘，或是因为玩具的积压而损坏。孩子不清楚桶里有哪些玩具，自然也就不爱动桶里的玩具了。父母应把孩子的玩具分门别类的放在孩子容易取放的位置上。如果某种玩具已经玩了几个月，可暂时为他们收起来，过一段时间再拿给孩子，这样，孩子会重对玩具产生新鲜感。

◎让孩子与伙伴交换玩具，增进对玩具的喜爱。

每个孩子都会有自己的，而与他人不一样的玩具，如果父母能够让孩子与同伴之间交换玩具游戏，那么每个孩子的玩具都会在无形之中增多起来。这样，孩子之间既促进了感情，又可以学到不同的知识和本领。

◎家长可经常与孩子一起玩玩具。孩子在与父母一同玩玩具的过程中，他们可以与父母交流、沟通和研究，他们会为父母讲述自己的游戏，会有更多的想象和创造。

宝宝人生第12月

宝宝成长进程

　　此时的宝宝无论是爬行、站立、下蹲或走步都更加自信了。他能够站起、坐下，能弯下腰去捡东西，也会试着爬到一些矮的家具上去。他对自己身体的控制能力越来越强，平衡能力越来越好。很多孩子都开始显露出独立

行走的迹象，有的甚至开始独立迈出人生的第一步。尽管他还走不太稳，但他对走路的兴趣很浓，这一变化使孩子的眼界豁然开阔。

　　宝宝喜欢将东西摆好后再推倒，喜欢将抽屉或垃圾箱倒空。他开始厌烦母亲喂饭了，开始要自己吃饭，自己拿着杯子喝水。他对别人的帮助很不满意，有时还以大哭大闹表示反抗。他要试着自己穿衣服，拿起袜子知道往脚上穿，拿起手表往自己手上戴，给他个香蕉他也要拿着自己剥皮，这都是孩子独立意识增强的表现。

　　此时宝宝对说话的注意力日益增加。他能用单词表达自己的愿望和要求，并开始用语言与人交流。他已能模仿和说出一些词语，所发出的 "音"开始有了一定的具体意义。比如他常常用一个单词

表达自己的意思，如"外外"，可能是表达"我要出去"；"饭饭"可能是指"我要吃东西或吃饭"。宝宝现在已经会听名称指物，当被问到宝宝熟悉的东西或画片时，他会用小手去指，还会试着学小狗或小猫的叫声。现在，宝宝开始把事物的特征和事物本身联系起来，对书画的兴趣越来越浓厚。

宝宝开始对音乐有反应，听到一些节奏较强的音乐会表示快乐或倾听。会用腊笔在纸上乱画乱涂，能指认出书中及日常生活中的许多物品，会按要求指出鼻子、眼睛、头发。能找到藏起来的玩具，喜欢把东西集中在一起，常常是一次拿很多东西。隐约知道物品的位置，当物体不在原来的位置时，他会到处寻找。能完成大人提出的简单要求，不做成人不喜欢或禁止的事。喜欢模仿母亲做家务，吃饭时总爱走来走去。会摇头，但往往还不会点头。会脱手套、袜子，拉开衣服的拉链。

宝宝活动范围越来越大，与人交往越来越多。对陌生人表示新奇，开始对小朋友感兴趣，愿意与小朋友接近、游戏。此时的宝宝一般很听话，想讨人喜欢，愿意听从大人指令帮你拿东西，以求得赞许，对亲人特别是对妈妈的依恋也更强了。

早教导言

周岁的宝宝将逐渐知道所有的东西不仅有名字，而且也有各自不同的功用。他会将这种新的认知行为与游戏融合，产生一种新的迷恋。比如，将电话放在耳边，模仿你打电话的样子。你可以通过给他提供建设性的玩具——鞋刷、牙刷、水杯或汤勺来鼓励这种重要的发育活动。

大多数孩子都已经开始练习走路了，一般的孩子会在9~15个月时迈出第一步。尽管走路的早晚差别很大，但每个孩子都经历过几个明显的过程后才能学会平衡、稳健地走路。走路的各个阶段有长有短，所以不要过于强迫孩子"加快步伐"。最大的帮助就是在孩子的身边给孩子鼓励，消除孩子丧失信心的可能。对于孩子来说，学习走路是他所经历的最难的一件事，孩子对此有极大的成就感。此时，家长应该多给孩子提供练习走路的机会，使他尽情陶醉于蹒跚学步的乐趣中。这不仅锻炼孩子的行走能力和平衡能力，也是锻炼肌肉的好机会。另外，还要多带宝宝到人多的地方去增长见识，让他主动去结识新朋友，锻炼宝宝的社交能力。

总之，周岁对于孩子来说，是一个重要的里程碑。他将告别了婴儿阶段，而开始进入幼儿时期。我们要给宝宝做一个小结，这个小结的形式可以是日记形式的，也可以用照片来代替文字，真实地记录下宝宝的成长历程，等宝宝长大了，送他做礼物。

开心·妈妈早教妙招

打造小小演说家

——宝宝语言潜能启智开发训练

我是一个小司机

让宝宝坐在妈妈的腿上，在宝宝的面前放一张椅子。妈妈和宝宝一起双手扶着椅子背，说："我们的汽车要开了，叭叭———呜———""到家了，休息休息。""汽车开到外婆家去，叭叭———呜———"妈妈教宝宝发"叭叭———"时，语速要慢。如果宝宝暂时还不能发出"叭叭"的音，但在游戏时情绪非常愉快，能随意地发出其他各种声音，这也是积极的反应。

都是球

你可以给宝宝提供各种各样的球，如塑料球、乒乓球、足球、篮球、铁球、网球等。无论你指哪个球，都应该告诉宝宝："这是球。"并滚动球，使孩子了解到球都是圆的，都可以滚动这一共同特点。训练一段时间后，问宝宝："球呢?"启发他们指出所有的球。你也可以教宝宝理解"凳子"、"鞋"、"灯"等词的意义。此游戏可发展宝宝的思维，提高宝宝的语言理解能力。

让宝宝动起来
——宝宝运动潜能启智开发训练

小手拉大手

妈妈与宝宝面对面站立，双手拉住宝宝的手，边说"宝宝，宝宝向前走"，边慢慢向后倒退，让宝宝跟着妈妈的步伐一步一步向前迈。开始迈3~5步就休息，逐渐练习，每次可达到8~10步。也可由两位家长站在宝宝两边，各握住宝宝一只手，或让宝宝一只手抓住家长的一个手指，家长牵着宝宝慢慢朝前走，好像散步一般。

我是小球星

让宝宝背靠墙站立，家长在宝宝前面约30厘米处悬挂一个小皮球，球离地高度约20厘米，然后对宝宝说："宝宝，来踢球!"如踢中了，就表扬宝宝："你真棒，再来一次!"如没踢中，就鼓励宝宝再踢。要教宝宝从不同方向踢球，以锻炼他腿的协调能力。

送幸运星回家

妈妈把幸运星倒在桌子上，和宝宝一起学数数、认颜色、分类等。妈妈说："幸运星宝宝要回家了，我们一起把他们送回去，好吗?"然后妈妈和宝宝一起把幸运星捡回瓶中。宝宝每放入一颗幸运星，妈妈都要给予鼓励。

捡完后，可以对宝宝说："听，幸运星在说，谢谢宝宝把他们送回了家。"最初宝宝捡幸运星时可能会弯曲所有的手指。若宝宝能熟练地用拇指和示指对捏的方式把幸运星捡回瓶内，说明宝宝的手眼协调能力及小肌肉动作已发展得比较好了。

开关抽屉

家长经常开关抽屉取放东西，宝宝看着非常有兴趣。你不妨找一个较轻的抽屉，拉着宝宝的手和他一起开关一遍，看看里面有什么，并鼓励宝宝自己拉开和关上抽屉。为了提高宝宝玩的积极性，家长可给抽屉里放一些他喜爱的玩具。做此游戏时，家长一定要看护好宝宝，以防止夹手。此游戏可发展宝宝手臂的活动能力，促进宝宝记忆力、思维力的发展。

独自翻书

妈妈拿出一本大开本画书，高兴地对宝宝说："我们看书啦！"然后，边讲边帮助他翻着看，最后让他自己独立翻书。家长要观察宝宝是否是从头开始，按顺序，每次翻一页看。这时的宝宝可能还不能按顺序翻，每次也不只翻一页，经过练习会逐渐得到提高。此游戏可练习手指的灵活性，促进空间知觉的发展。

尽情展示宝宝的才艺

——宝宝艺术潜能启智开发训练

小·动物唱歌

妈妈可借助动物图片编小动物唱歌比赛的故事，也可以模仿小动物的动作讲述故事："有一天，小鸡、小鸭、小猫、小羊、小狗比赛唱歌，小鸡唱'叽叽叽'，小鸭唱'呷呷呷'，小狗唱'汪汪汪'，小羊唱'咩咩咩'，小猫唱'喵喵喵',他们唱得可真好听!"宝宝熟悉故事以后,大人可以边讲边问,如:"小鸡先唱,他是怎么唱的呀?"引导宝宝一一模仿小动物的叫声。大人在模仿小动物的叫声时可以表现多种音量和节奏,如:小鸡叫得轻、小狗叫得响、小鸭叫得快、小羊叫得慢,以激发宝宝模仿的兴趣。

随乐而动

完整的音乐学习离不开眼睛、耳朵、身体、大脑的综合体验,其中,身体的体验是宝宝学习音乐的重要途径之一。

身体对音乐的体验是一种律动,它是用肢体语言再现音乐,是通过聆听和身体运动引发的动觉反应。它不同于舞蹈重在模仿、讲究身体姿势和外表形式。音乐动觉能力的发展对宝宝日后音乐敏感力的发展是十分重要的,因此,爸爸妈妈应该尽可能地多提供机会让宝宝随着音乐而动。如大人弹琴(选定的听音动作乐曲),或用录音机播放带有舞蹈节拍的乐曲,训练宝宝听到乐曲后,能活泼愉快的活动起来,手舞足蹈,或做相应动作。当宝宝随乐而任意舞动时,父母一定不要忘记为宝宝的精彩演出而喝彩!

世界尽在我掌握
——宝宝观察、创造潜能启智开发训练

试试运气

挑选几个空纸盒子,当着宝宝的面,把一个小玩具放在其中一个盒子里。然后,不断地掉换盒子的位置。让宝宝猜猜,玩具究竟在哪个盒子里?这个游戏可以培养宝宝的观察、记忆能力,促进其想像力的发展。

大碗管·小碗

将几个形状一致但大小不同的塑料碗套叠在一起,放在宝宝面前。再准备一个方形或长方形的塑料容器，先别让宝宝看到。给宝宝做个示范，将碗逐个拿出来，再根据大小将它们重新叠放在一起。给宝宝一段时间让他随意摆弄这些大小不一的碗，直到他明白了它们是如何分开和套叠在一起的。当宝宝能自如地将碗叠放在一起的时候，再把碗在桌上一字摆开，同时拿出事先准备好的方形或长方形塑料容器，把它和碗放在一起，看宝宝下一步怎么做。

充分展示一下宝宝的想像力和创造力吧！

推倒他

准备好一些大型的积木。让宝宝在地板上坐好，将积木放在他的身边。教宝宝如何将积木堆高，让他自己试试看。当积木堆到一定高度的时候，就让宝宝推倒它。重复玩这个游戏。以此来增强宝宝的注意力及观察能力、想像能力。宝宝现在不一定对把积木堆高感兴趣，相反，他会喜欢把堆好的积木推倒的感觉。那么，就满足他的"破坏"欲！

宝宝戴帽子

妈妈故意让宝宝戴上成人的帽子，宝宝的眼睛会被帽子遮住。宝宝马上会发现这个问题，要求妈妈拿掉帽子。你可以把几顶帽子放在宝宝面前，让他找出自己的帽子。此游戏还可以扩展让宝宝找衣服、手套、鞋等。目的是促进宝宝观察力及思维能力的发展。

小鬼也能当大家

——宝宝生活、交注潜能启智开发训练

小小面点师

对于吃的东西，宝宝是最感兴趣的。因为它不仅是美食的口感，宝宝更喜欢的是用手触摸食物、挤压食物。那么，就给宝宝一次机会！

让宝宝在椅子上坐好，在他面前放好盘子。将一些煮好晾凉的面条放在盘子中，让他随心所欲地玩儿。他也许会把面条拿在手中、挤扁、弄碎、抓烂，最后才放进嘴里。他也很可能把面条扔得到处都是，这需要你耐心地为他收拾残局。

扣子与拉链

将准备好的衣服穿在身上。让宝宝注视你的一举一动。然后再将衣服一件一件地脱下，同时告诉宝宝："我在解扣子。""我在解开拉链。"等，每脱下一件衣服，就要做出高兴的样子。再把衣服一件一件地穿上，每穿一件，就让宝宝帮你对付那些扣子、拉链，直至把衣服扣好。给宝宝穿上几件以不同解开方式的衣服，然后再一件一件地帮他脱掉。把宝宝的小衣服给布娃娃穿上也不失为一个好的学习办法。

做个礼貌乖宝宝

父母带宝宝外出时，见到人要主动去与人握手，并说："你好！"也同时让宝宝模仿与人握手的动作，并让他理解问"好"的意义。

家中来了客人时，父母先拍手示范教宝宝两手对拍的动作，并边拍边说："拍手，拍手！""欢迎，欢迎！"

接受客人送的礼物或别人的帮助时，教宝宝点头致谢，并代宝宝说："谢谢！"反复让宝宝模仿点头动作。

当客人离开时，父母抱宝宝送客，举起宝宝的手挥动，同时说："再见！"反复在生活中练习，每天送别父母上班时，也可以练习做挥手的模仿动作，还可以做飞吻告别的动作。

此项游戏可通过理解语言，感知礼貌用语，从模仿动作中学习与人交往的经验。

宝宝心语

妈妈，让我自己来做好吗？你不用担心我做不好，即使我开始的时候动作有些不协调，经过多次的练习，我会越做越好的。不要什么事情都替我做，那样我什么时候才能自己去干自己喜欢的事情呢？

早教贴心提示

儿童的独立性格越早培养越好

很多父母都认为宝宝还太小，不懂事，等到孩子大些才开始培养他的独立性吧！其实不然，也许你的宝宝还不能自己去做什么事情，但是独立性的性格和意识，却应该是越早培养越好。

独立自主性是指在思考、想象和活动中，较显著地不依赖、不追随别人，能够相对独立地进行活动。它对孩子的生活、学习以及孩子未来事业的成功和家庭生活的美满，都具有非常重要的影响作用。

宝宝一岁左右时，就可以对他进行独立自主性的培养了。

首先，你要正确地认识和理解孩子，了解孩子在各个年龄阶段所具备的各种能力。那么就可以放手让孩子自己的事情自己做，而不依赖别人。其次，在进行孩子的独立性培养的时候，要做到：

◎给予孩子充分的活动自由

孩子的独立自主性是在独立活动中产生和发展的，要培养独立自主的孩子，就应该为他提供独立思考和独立解决问题的机会。

◎与孩子建立亲密的亲子关系

与宝宝建立起亲密的亲子关系，让他充分感受到你的爱，从而使他对你和周围事物都具有信任感。只有当孩子相信，在他遇到困难时一定会得到帮助，他才有可能放心大胆地去探索外界和尝试活动。因此，在孩子活动时，你应该陪伴在他身边，给他鼓励。

◎循序渐进，不随便批评

独立自主性的培养是一个长期的过程，需要循序渐进地进行。切不可急于求成，对孩子的发展做出过高的、不合理的要求。也不能因孩子一时没有达到你的要求，就予以批评和斥责。应先冷静地分析孩子没有达到要求的原因，以科学的准则来衡量，然后再做出相应的调整策略。

宝宝人生第 13~15 月

宝宝成长进程

　　这个阶段的宝宝体格发育的速度较前期减慢，但体重、身高、头围、胸围仍以较快的速度增长，囟门在 12~18 个月间开始闭合。

　　此时的宝宝走路已经比较稳了，但自己还不会注意脚下，如果路面不平，则容易被绊倒。跌跤后会自己扶地站起，会下蹲拾物，有的宝宝已会倒退着走。宝宝还经常会爬到沙发或椅子上，然后转过身来，自己坐好。他喜欢能推拉会移动的玩具，喜欢玩球，并且能够成功地把大塑料球扔出去或踢出去。

　　现在，宝宝能认识到物体放倒了，并将它翻过来。在一定帮助下，会把简单形状的东西放入模型中。喜欢盖瓶盖子、搭积木，多数宝宝这时已经能够搭起 3 块积木。会翻稍厚的小人书的书页，但也许一次翻过很多页，而不是一页一页地翻。喜欢看图画，会指着图画并拍打它们。喜欢用蜡笔乱涂乱画并模仿大人的笔画，但通常模仿不成功。喜欢把小玩艺放入容器中再把它们倒出来。

此时的宝宝已明显表现出不同的气质类型，有的温和安静，有的活泼好动，自我意识进一步增强。他喜欢到户外玩耍，做一些户外的游戏，喜欢在小朋友多的地方玩，但一般还是各自玩耍，互不交往。还喜欢做没做过的事，对物体进行深入"探究"。他的语言正处在理解阶段，只会讲单词句，其特点是听得多、说得少；以词代句，一词多意；重叠发音，以音代词，伴以动作或表情来补充词汇的不足。虽然掌握的词语很有限，但是宝宝还是喜欢对着玩具电话有模有样地模仿大人打电话。当别人问起熟悉的人或物时，他能够很快指出来，会称呼除爸爸妈妈之外的 3~5 个亲人。听名称能够指出身体上的五官及其他一些身体细节。

由于认知能力日益增强，扩大了认识范围。接触人增多，交往扩大，宝宝逐步从依恋父母转移到被玩具、玩伴及周围新鲜事物所吸引。

早教导言

此时的宝宝，手的探索活动趋于精细。示指分化出来，并能伸出来做各种动作，如拨弄小糖豆，戳或抠有凹陷的地面，捏起小线绳等。同时，这个年龄的宝宝对小物品更加感兴趣，尤其是会动的小物品，而成人的眼睛、玩具娃娃活动的眼睛正好符合他的好奇心。因此，出现以上的"捣乱"行为，家长不必为这种情况而烦恼。在宝宝的这个时期，可先将玩具娃娃收起来，等他长大一点再给他玩。平时多给他带洞的玩具或小物品，以满足他的好奇心理。

1 岁前的宝宝喜欢用身体语言，当大人看懂后马上用声音说出，到 1 岁后如果宝宝再做动作，你可以暂时不理他，逼着他用声音说出来。如果发音不正，就帮助他用正确的声音慢慢说出，大人不要学宝宝说话，更不要用儿语"嘀嘀"代表车，"喵喵"代表猫等，用正规的语言才能使宝宝正确的学习。注意要让宝宝重复练习。宝宝经常会重复做某件事，比如学上楼梯，就要反复练习多次直到累了才肯罢休。大人给宝宝睡前讲故事，他也要让大人反复讲，一遍遍地听，原来他在跟着背诵。如果大人没有按着书上的文字朗读，自己随口讲，快要闭眼的宝宝会睁开眼睛，动手将书推开，不耐烦地大声说："错了！"宝宝之所以要反复听，是因为他还未能把整个故事背诵出来。

宝宝喜欢垒积木，又把它推倒重头再来，不断的反复，才能学会把积木垒得更高。不必批评宝宝推倒重来的做法，宝宝无论学什么都要经过尝试——失败——再尝试的反复过程，大人应当允许宝宝的反复，不要批评宝宝获得经验的过程，否则会使他难以学会。

打造小小演说家
——宝宝语言潜能启智开发训练

宝宝接儿歌

妈妈在给宝宝背儿歌时，连续背几次并让宝宝配合着做动作，等宝宝做得比较熟练时，故意将最后一个字空出来，鼓励宝宝说出声音。例如当你背诵《小白兔》时，故意把"兔"留出来让宝宝说，大人微笑示意，再背"白又——"让宝宝补上"白"。一天只学两个押韵词即可，不要让宝宝感到有压力，只是觉得这是一种很好玩的游戏。这种连做动作带说一个词的游戏，会让宝宝在一两个星期内，学会整首儿歌的押韵词。当宝宝学会整首儿歌的押韵词后，有了成就感，很想再学另一首儿歌的押韵词。这时家长要鼓励宝宝学一句三个字的句子，从两个字开始，先说："白兔"，可以拿着图卡和看到实物去认，最后加上一个"小"就学会一句话，使宝宝把学到的词连成短句。

听天气预报

因为天气预报的词儿经常重复，宝宝非常喜欢看，"北京晴""上海阴"这些地名每天都重复，就像熟人一样，宝宝也喜欢跟着说。天气预报之前的一小段前奏，也让宝宝听熟了，尤其是每天都在同一时间播放，容易形成条件反射，使宝宝每天都能定时学听。你会发现突然有一天，宝宝自己说出："北京"，"上海"，或者"下雨"，"晴"等词儿，这让大人特别高兴。个别记性好的宝宝还记住了"乌鲁木齐""呼和浩特"等名字，这都是经常听天气预报的结果。有些宝宝还专门爱听某一段小广告，也会跟着广告说："我喜欢"等。

说出自己的名字

让宝宝学说出自己的名字，可以分两个步骤进行。第一步先让宝宝在大人叫他的名字时答应："哎"，第二步当大人问："你叫什么名字"时，宝宝应回答："壮壮"。大人慢慢同宝宝一起说他的名字"壮壮"，多说几遍让他自己会说出这个音来。平时大人有意说："壮壮呢？"让宝宝回答："哎"，然后又问："谁在家呀？"让宝宝说："壮壮"，说出自己的小名。

说给宝宝听

在日常生活中，大人要把自己的感觉、需求、体验传达给宝宝。如：洗衣服时，可以一面操作一面跟他聊："这是爸爸的衬衫。""这条红色长裤是谁的呀？""好，我们现在把衣服放到洗衣机里去吧！""来，这条毛巾给你玩。"但要注意，大人不应一厢情愿地说个不停，而是要掌握宝宝的兴趣，留意他的态度，并不断给他参与活动的机会。此游戏的目的是为了加强与宝宝的双向沟通，潜移默化地提高宝宝的语言能力。

用语言回答妈妈的提问

妈妈在给宝宝讲故事时，要求宝宝用声音来回答问题。妈妈一面讲一面提问，宝宝很习惯用手指图来回答问题，这时妈妈要用声音说出来，并让宝宝跟着说出一个音。比如妈妈问："故事说谁呀？"，当宝宝动手指着兔子时，妈妈也指着兔子说："兔子"，让宝宝跟着说几遍，然后问："他去干什么？"，宝宝又指着萝卜，大人也指着萝卜说："拔萝卜"，让宝宝跟着说几遍，有时宝宝只会发一个音，大人替他找一个重要的音："萝"让他多说几次。每天可让宝宝学 1~2 个新的声音，但是要重复前一天会说的声音，白天还要复习几次，使宝宝记住学过的声音。通过重复讲故事，重复问问题，使宝宝记住用声音来回答问题，学会发几个声音。

让宝宝动起来

——宝宝运动潜能启智开发训练

宝宝学上下楼梯

刚开始学上楼梯时，妈妈牵着宝宝的一只手，宝宝的另一只手扶着楼梯的扶栏，让他蹬上一级后另一脚也踏上同一级台阶，待他站稳后，再迈上另一级台阶。这时大人要特别有耐心，切不可怕麻烦，就不给宝宝锻炼的机会。当宝宝能保持上楼梯平衡后，就可以让他学习交替脚一步踏上一级台阶。渐渐地，不用大人牵扶，他自己也学会上楼梯。教宝宝下楼梯时，大人先下三步，回过头来双手扶着宝宝，让他先下一级，两脚站稳后再向下迈一级，每一级都要双脚站稳后，才能再向下迈步。大人先下三步，在宝宝的下方，是为了万一失手很容易接住宝宝，不会出现意外。

我能退着走

倒退着走路可以锻炼人的本体感觉。平时人们的许多习惯技巧，如开车时突然刹车，人在弹琴、打字时眼睛不必看键盘，都是靠的本体感觉。

让宝宝牵着拖拉玩具，把玩具放在前方，大人在宝宝的后面，给宝宝指路。宝宝面向前方，眼睛看不见要走的路，全凭着耳朵听大人的指示。宝宝一面退着走，一面可以看着拖拉玩具向着自己的方向活动，以前自己拉着玩具向前走时只能听到玩具的声音，看不到玩具的动作。这个游戏可以让宝宝用身体各部位的感觉来指导自己的行动，以此来锻炼他的本体感觉。

一、二、三，跳

在宝宝练习下楼梯时，到最低一级，大人双手扶着宝宝从楼梯跳下，让宝宝练习双足离地跳跃。晚上出外散步时，可以试着爸爸拉一只手，妈妈拉一只手，喊口令："一二三，跳"，这是宝宝们最喜欢的游戏，大家都会很开心。可以三个人一同喊口令，让宝宝也跟着学说话，同时学会跳跃。

美丽的圆圈

用一条线绳牵一个环，大人用示指和拇指捏着线绳的一端，做螺旋形的运动，把环甩起来形成一个好看的圆形的面。把线绳递给宝宝，也让他来试试吧！刚开始，宝宝可能只会前后运动但甩不起来，这时，你可以握住宝宝的手，帮助他把环甩起来。宝宝一旦做环形运动，就能把环甩起来，这时他会感到格外高兴。此游戏可以锻炼宝宝的臂力及肢体的灵活性。

撕纸游戏

和宝宝面对面坐，中间放一个较大的塑料筐。你可以边撕边说："撕面条喽！撕面条喽！"或"做彩带喽！做彩带喽！"引导宝宝和你一起撕纸，然后把宝宝撕好的纸条粘贴起来，装饰宝宝的小床和他的活动区域。此时宝宝的手部力量还不够大，手的协调性也不够好，因此宝宝撕的纸并不一定如你所愿。但只要宝宝能完成撕纸的动作，你都要给予肯定与鼓励。此游戏可锻炼宝宝的手部力量及双手的协调能力。

宝宝的存钱罐

给宝宝拿来一个存钱罐和若干硬币。大人示范将一个硬币顺着窄缝投入罐内，然后递给宝宝一个硬币，让他也投入罐内。宝宝首先要找到窄缝，把左手放在缝口，用右手拿稳硬币，靠着缝口，调整方向，然后顺着缝口投入。以此让宝宝学会准确的手眼协调。

皮球滚滚

大人和宝宝对面坐下，两人大腿分开，用球在二人中间互相滚来滚去。推球时尽量不用力，以免把球推到外面去。如果宝宝还未学会向对方推球，大人可以让宝宝坐在墙前对墙推球，推的力越大，球返回的力也越大，而且推的方向越直，回球的方向也越直。这个游戏可以锻炼宝宝肢体的灵活性及手眼协调。

尽情展示宝宝的才艺

——宝宝艺术潜能启智开发训练

趣味画法

在户外散步时，大人在路上捡到一块石头，拿这石头蹲在土地上就可以画出长线、画个大圈、点出小点。大人把石头给宝宝，让他也在地上乱画，在地上可以画得很大，很长，让宝宝感到舒展。也可以让宝宝拿一个小罐装一点儿水，在水泥的地上或墙上，用毛笔或刷子学习作画。即便画得乱七八糟也无所谓，一会儿就干了。宝宝还可以拿一个小瓶子，装上水，让水慢慢滴下，可以滴出一条线、一个点，宝宝转一个圈，那水也滴出一个圈来。这些形形色色的画法让宝宝感到都很有趣。宝宝自己也可以做出各种各样的画法，使画画成为一件好玩的事情，让宝宝对画画产生浓厚的兴趣。

智取皮球

当宝宝的小车跑到桌子底下时，宝宝正想爬过去取。妈妈拿来一根棍子很轻松就把车子拨出来，让宝宝感到很奇怪。这时妈妈再把小车推到桌下，把棍子交给宝宝，让他试着拨出。宝宝可能拿着棍子对准小车，却越推越远，总是拨不出来。这时妈妈要做示范，先把棍子放到玩具的远端，再向自己的方向拨动，玩具就能拨出来了。再把皮球放在椅子后面，宝宝学会先把棍子放在皮球后面向自己方向拨动，果然皮球就会自己滚出来。这使宝宝很高兴，以后玩具再滚到床下、柜子下等自己不容易爬进去的地方，他也会用这种方法把玩具拨出。这不仅教会了宝宝使用工具，更锻炼了他的思维，发展了他的想像力和创造力。

漫天飞舞的小泡泡

吹泡泡是宝宝非常喜爱的一种游戏，它可以有许多种玩法。你可以让宝宝试着用湿手去抓肥皂泡，然后再用干手去抓，看看有什么不同，也可以让宝宝去踩落在地上的肥皂泡或用双手去拍肥皂泡。如果有大量的小泡泡，那将更具趣味性。同时播放音乐，让他伴着节拍去拍肥皂泡。他也许会用手指戳飘在空中的肥皂泡。总之，你可以教他或让他随意创造更多、更有趣的玩法。相信这五颜六色的肥皂泡，一定会给宝宝带来无穷的乐趣和无限的遐思，使他在快乐的玩耍中，充分地发展想像力和创造力。

给瓶宝宝戴帽子

大人找来三个大小不等的瓶子，把盖子拧开，散乱地放在桌上，对宝宝说："我们给每个瓶宝宝戴上一个合适的帽子吧！"然后你可以给宝宝示范一下，依次给每个瓶子盖上盖子，再拧下瓶盖，将顺序打乱，让宝宝自己找合适的盖子扣到瓶子上。也可以找一些大小不同的盒子，让宝宝自己练习配上盖子。这些游戏可以培养宝宝的观察能力，增强他用眼估量大小的能力。

学习配对

做配对游戏可先从日用品开始，把袜子、手套、筷子、碗、杯子、小瓶子等各一对，凌乱地放在桌上，对宝宝说："宝宝给它们每一个都找个和自己长得一样的好朋友吧！"宝宝每配好一对，要求他说出物名，如果不会，大人提醒后让宝宝跟着再说一遍，以巩固认物。妈妈也可找来相同的图卡，散乱放桌上，让宝宝自己配上对。这个游戏可以锻炼宝宝的观察能力，增强其注意力的建立。

小鬼也能当大家
——宝宝生活、交注潜能启智开发训练

抱娃娃坐盆

妈妈提醒宝宝，快去看看，娃娃要尿尿了，准备好一个便盆，让宝宝抱娃娃尿尿，看宝宝是否会替娃娃把裤子拉下来，然后让娃娃坐在盆上。尿完之后，看宝宝是否会给娃娃把裤子拉好，把娃娃放回原处，再把盆放好。宝宝会走之后，经常会忘了到时尿尿，大人可以适时地提醒他一下，让宝宝自己走去坐盆。抱娃娃坐盆的游戏，使宝宝记住自己拉下裤子，尿后自己把裤子拉好。

吃饭照镜子

宝宝自己吃饭时，经常会把饭粒粘到脸上。大人可以准备一面镜子，拿着镜子让宝宝看，并对他说："镜子里的小宝宝不讲卫生呐！"宝宝会马上从脸上把饭粒扒下来。经过几次照镜子，宝宝就会懂得，吃饭时要保持脸上的清洁，不让饭粒粘到脸上，做个吃饭干净的好宝宝。

会飞的球

用一条浴巾，两人双手各拿一个浴巾的角。把皮球放在浴巾当中，两人都可以活动浴巾的两个角，使皮球在毛巾里滚来滚去，甚至抛起来又再接住，但是不许把球滚到地上。开头妈妈和宝宝玩，两人都比较平和。后来爸爸同宝宝玩，爸爸喜欢动作激烈，经常把球抛得很高，然后再接住。这让宝宝学会要想减少把球弄到外面的机会，就要与人很好地合作。

宝宝认认都是谁

当宝宝学会了称呼大人后，经常因为会称呼大人而受到表扬。有时家里来了年轻的男客人，大人会告诉宝宝："这是叔叔"，来了年轻的女客人，大人会说："叫她阿姨"，来了年纪大的男人，大人会说："叫爷爷"，随着来的老太太，大人会说："这是奶奶"，经常受到这种训练宝宝自己也会判断。所以要经常让宝宝接触不同的人，让他有机会学会按年龄性别来称呼大人，增强判别的能力。

辛勤的小园丁

大人用一个喷壶，教宝宝浇花，要记住大概每几盆花要用一壶水。浇花时，要从上面慢慢淋下，把叶子和茎都淋湿了，泥土也要有水分。每天定时浇花，使宝宝养成照料花草的习惯，学会爱护大自然的生物，形成一种责任。

笑脸和哭脸

你可以自制三种表情的图：哭、笑和生气，让宝宝学会鉴别不同的表情。你也可以让宝宝自己做一个笑脸、一个哭脸、再做一个生气的表情，如果方便的话，就将他的表情用照像机拍下来，让宝宝加深印象。宝宝平时也会看人的表情，如果妈妈高兴宝宝也会跟着高兴；如果妈妈生气，宝宝不敢作声，看妈妈为什么生气，如果是自己引起的，就快快改正。如果妈妈在哭，妈妈一定很伤心，宝宝会陪着妈妈，帮她拿手绢，尽量安慰她。懂得人面部的表情才能善于与人相处，这是与人交往必须学会的本领。

我是乖宝宝

会走的宝宝很想表现自己的能力，特别愿意替大人做事。比如，帮爸爸拿拖鞋，替妈妈找剪刀，为爷爷拿放大镜，给奶奶拿板凳等。当宝宝干得好时，千万别忘了马上表扬，受到鼓励的宝宝，会更加热衷于做你的小助手。宝宝帮助大人拿东西，自然要知道东西放在什么地方。有了拿东西的使命，宝宝自然就会在意平时安放东西的位置，而且懂得用完放回原处，以便下次寻找方便。经常听从吩咐的宝宝，就会懂得主动与人合作，估计到别人的需要，不用大人吩咐也能拿来。

上街买菜

上街买菜时，别忘了带上宝宝一同去，这是一种难得的学习机会。宝宝在家不可能看见这许多蔬菜，买到的蔬菜也让宝宝知道它的名称。宝宝看到人们的交谈以及付钱的方法，都会感到很新鲜。回来的路上，可以教宝宝认识从菜场走回家的一些标志。这都会让宝宝体味到真正的生活，得到深刻印象的。

妈妈，我不是小捣蛋鬼，我把白菜弄碎是想知道它会不会哭，我被弄疼了时是要哭的。现在我明白了，白菜流出的眼泪是绿色的，它的哭声也很小。

早教贴心提示

防止宝宝对妈妈的过分依恋

宝宝对妈妈的依恋是重要的健康标志，尤其是当宝宝生病或疲劳时更加依恋母亲，这种正常的母子依恋有利于宝宝的正常生长发育。但是有些宝宝除了自己的妈妈外，不找任何人，往往会使妈妈筋疲力尽，这种情况就是宝宝对妈妈过分依恋造成的。这种过分的依恋则不利于宝宝的发展了。因宝宝过分依恋妈妈，会使他探索环境、兴趣爱好的发展、与他人进行交流的能力和机会减少，当该入托幼机构过集体生活时，则会有很长一段时间不能适应新的环境，甚至会导致生病，影响身体健康，给家庭带来极大的烦恼。

要解决宝宝对母亲的过分依恋，就要让宝宝走出家门，让他与外界的人和事物多接触，让他去接触大自然环境，这样他可以看到许多树木花草、汽车、高楼大厦和更多的人，以激发他的好奇心、对其他事物和人发生兴趣。待他逐渐地熟悉了外面的环境后，他就会主动要求到外面去。见到的陌生人多了，他也就不再害怕，愿意与其他小朋友一起玩耍了，这样便逐渐克服掉对母亲的过分依恋。在自然环境中可以学到、看到更多的事物和人，这对宝宝的视、听感知觉器官也是一个很好的刺激，可以促进视觉和听觉的发展。在与其他人或小朋友的接触过程中，他也会学到一些新的本领，这样，在宝宝进托幼机构时，便能很快适应集体生活，大大减少了困绕母亲的烦恼。

宝宝人生第 16~18 月

　　这个阶段的宝宝走路更稳了，并能倒退走几步，有时还想跑，尤其是在户外，如果你不注意看护的话，宝宝可能一溜烟跑出去好远，需要你跑着去追赶。他现在在家里也经常是爬上爬下，弄得大人提心吊胆，不敢离开。他对爬楼梯很感兴趣，尽管现在他还不能独立上下楼梯。宝宝喜欢学着大人的样子踢皮球、拾球、抛球，也喜欢随着音乐晃动身体跳舞，还喜欢所有可以按动的开关或按钮，他不停地打开关上，兴致盎然。他会几页几页翻书，可以熟练地握笔乱涂乱画，会搭2、3块积木，用4~5块积木接成长条火车。

　　此时的宝宝能用语言或动作表示大小便，穿衣服时能够很好地配合，学着自己用手帕擦鼻涕，在大人的帮助下能收拾玩具和图书，外出回来自己找家门。他能执行简单的命令，如取物、坐好、闭眼睡觉等，还喜欢帮助成人做一些小事情，如拾树叶、拿报纸。宝宝积极、愉快的情感日益增多，偶尔会考虑到集体中去玩，开始控制自己的某些行为，如等待进餐不吵闹、睡觉不爬起等。他能模仿拍手、踏脚、学鸟飞等动作，学唱歌或念儿歌时，只能像接尾巴似地唱或讲出最后1个词。他能运用6~20个单词与人交谈，还喜欢一个人自言自语。指认身体器官也是现在宝宝喜欢做的游戏之一，尤其是喜欢认下巴颏、咯吱窝等在宝宝听来很有趣的身体部分名称，当你每每说出这些名称的时候，他会高兴地开怀大笑。

宝宝的无意注意进一步发展，有意注意开始萌芽，注意力集中时间较以前增长。容易记住印象强烈或带有情感的事物。随着语言的发展而出现初级的思维活动，游戏时想像开始萌芽。

早教导言

宝宝对挫折和失败有了更鲜明的体会，因为他常常不能顺利地完成自己想要达到的目标。比如常在上下楼梯时不能正确判断台阶的高度，或在跑来要你抱的时候被自己的脚步绊倒等。这很正常，人类学习各种技能的过程，往往就是一个不断失败并不断进步的过程，你的宝宝正在为此而努力，他需要你的支持和鼓励。

这时的宝宝个性已经比较明显，会有自己的情绪和小脾气。当外界刺激超过了宝宝的承受能力时，他就需要发泄出来。所以，想让大哭的宝宝立刻停止哭声或让发脾气的宝宝马上消除怒气都是不太可能的，因为这是他唯一可以发泄自己不满情绪的途径。这时大人一定要耐心、理智，你可以安慰宝宝，也可以冷处理，暂时让宝宝一个人哭一会儿，要允许宝宝把自己的不良情绪渲泄出来，这是明智的做法。

妈妈和宝宝一起看书、讲故事是最让宝宝快乐的事情。让宝宝自己选择讲哪本书中的故事，即使这个故事已经讲了很多遍也没关系。家长千万不要认为小孩子懂得什么，就以自己的意愿为宝宝选择，其实这在抹杀孩子的兴趣和想像力。宝宝喜欢的故事，即便讲了一百遍，他依旧会兴趣不减。你还可以教会宝宝认识书中各种事物的名称。亲子共读，其乐无穷。

宝宝长大了，什么事情都喜欢"自己来"，比如他要自己走路，不让妈妈抱；要自己吃饭，不让大人喂。这些都是宝宝最初的独立意识的表现，是非常宝贵的。家长千万不要有意无意地压制了宝宝的这种主动性，如对宝宝的事情处处包办代替；喜欢给宝宝玩那些不能拆卸的玩具；把宝宝圈在一个小角落里，不准宝宝出来等。这就可能造成宝宝头脑的"饥饿"，不利于宝宝身心的健康发育。

打造小小演说家

——宝宝语言潜能启智开发训练

背诵儿歌

记忆是奠定在不断重复的基础上的。所以，在教宝宝背儿歌时，要踏踏实实地学会一首再教下一首，不要一下子教宝宝太多，今天教"小白兔"，明天教"小花猫"，结果宝宝一首也记不住。许多家长都爱给宝宝听儿歌录音磁带，那一条带子上录了百余首，家长买回家后应当再加工，只录一首，让它反复播放，使宝宝听熟了，就容易跟着背诵。如果把未经加工的磁带让宝宝听，太多太乱，让宝宝无所适从，反而不容易学会。

学说"我"

从十个月起，当大人问宝宝："你几岁啦？"时，宝宝会竖起示指回答。当宝宝会开口说话后，大多数的宝宝会自己说"1岁"，用声音回答问题，只有少数的宝宝会说"我"。大人可以通过游戏让宝宝早一点学会说"我"。比如宝宝正拿着心爱的玩具玩耍，你故意问他："这个玩具不是你的，是红红的吧？"宝宝会很着急地回答，如果说不出来就会拍拍自己的胸脯表示是自己的，还有的宝宝马上会说出自己的名字，这时大人要教宝宝说："我的"，用"我"代表自己。大人要同宝宝多练习，如提起宝宝的衣服问："这是甜甜的吧？"指着宝宝的帽子问："这是亮亮的吧"，让宝宝回答："我的"，经常练习，宝宝就能应对自如了。

宝宝的手机

宝宝喜欢模仿大人。这时，你可以让宝宝拿一块长方形的积木当作手机，妈妈也拿一块同样的积木放在耳边，妈妈说"喂！你是谁呀？"，宝宝回答："我是亮亮"，妈妈说："我要去买菜了，你去不去呀？"，宝宝赶快回答："我去！"，宝宝跑到妈妈身边，两人就准备出去了。妈妈允许宝宝把积木装在衣兜里，好像手机那样，可以随时使用。平时妈妈故意拿起积木当电话同宝宝说话，宝宝也拿起积木，好像真的在打电话那样大声说话，这块小小的积木能引起宝宝与人交谈的欲望，使宝宝会说的话逐渐增多。

让宝宝动起来
—— 宝宝运动潜能启智开发训练

抛向远方的球

宝宝已经学会了两人坐对面互相滚球，球从身体前方滚出，只能滚近距离。这时，你可带宝宝到户外，让宝宝把手抬高，从肩后把球投出，这样才能抛向远方。刚开始时，宝宝可能总是将球掉在身后，经过反复练习，他会逐渐把球抛远。让宝宝面向大人，向着大人方向用力，使宝宝能把球抛到大人站的方向。如果爸爸妈妈各站一方，让宝宝可以试试能不能向他们投球。这个将球抛远的游戏可以锻炼宝宝肩臂的肌肉力量及肢体的协调性。

双足离地跳一跳

此时的宝宝可以经常学做一些跳跃性的游戏，比如练习自己原地跳、跳蹦蹦床、跳过地上放着的绳子、跳过掉到的上的毛巾、跳过大人在地上画出的两条线等。跳跃可以促进腿部肌肉的发育，使弹跳力增强，使肢体更赋灵活性。

棉被游戏

柔软的棉被能有效地消除宝宝的胆怯心理，增加宝宝游戏时的安全感。棉被多变的玩法能激发宝宝运动的兴趣，使他在快乐的游戏中锻炼了身体。

爬山坡：将棉被叠成大小不一的山坡状，鼓励宝宝从"大山坡"爬向"小山坡"。

钻山洞：将被子卷起，爸爸妈妈把被子的两头撑起当山洞，让宝宝从洞中爬过去。

滚元宝：宝宝横躺在被子的一端，爸爸慢慢将被子往上提，使宝宝顺势往下滚，妈妈在另一端提住被子用同样的方法让宝宝再滚回去。

踩影子

这个游戏只要是晴天就可以玩。爸爸妈妈可以带宝宝去公园或小区里的空旷处，先让宝宝看到每个人映在地上的影子，然后让宝宝用脚踩在爸爸的影子上。开头爸爸故意让宝宝踩到1~2次，给宝宝增加点自信心，让宝宝觉得很容易。然后可以适当地给宝宝增加点难度，爸爸慢慢走，当宝宝赶到快要踩着影子时，爸爸轻轻躲闪，让宝宝跑过来追，快追上时又再躲开，不断地让宝宝跑跑停停，使他练习能随时停，又随时跑，让他动作灵活，适应各种变化。

学穿珠子

妈妈拿来一些彩色的珠子和一根鞋带，对宝宝说："宝宝，我们来穿一串项链吧！"然后先给宝宝做一下示范，将鞋带的硬头插进珠洞内，从洞的另一端将鞋带拉出。宝宝学穿珠要分两步进行，第一步他要先学会将鞋带插进珠洞，让大人帮助把绳子拉出。第二步大人把绳子的硬头插进珠洞，让宝宝从洞口的另一端把绳子拉出。等宝宝把这两个步骤分别学会后，才让他把两个步骤连起来，自己把绳头插进珠洞，再从洞口另一端把绳头拉出来。学穿珠子的游戏可以锻炼宝宝手指的灵活性及手眼的协调性。

踢球

你可以带着宝宝到户外去练习踢球，以免把家里的东西踢坏了。此时的宝宝单脚还不能站稳，你可以让他扶着一棵树，或把身体靠在任何东西上，用脚踢球。刚开始时，他还不会把握方向，你要辛苦地到处给他捡球。为宝宝做下示范，告诉他要向着一个方向踢球，宝宝就会照着一个方向踢球，而且越踢越远。此游戏的目的是让宝宝学会把体重落在一只脚上，为以后单足站立奠定基础。

倒米

妈妈用一个碗从罐里舀出半碗米，小心的倒入另一个碗里。宝宝见了也很愿意尝试一下，那么不妨把所有东西都放在一个大托盆上或一张大报纸上，让宝宝也来试试。这样即便发生洒漏，也不会洒到地上。你也可以在户外，让宝宝用沙土做练习。宝宝学会了从一个碗把米或沙土倒入另一个碗里，就可以让他练习把水从一个碗倒入另一个碗里，这样使他手眼的协调性越来越好了。

划划小船

准备一根 60 厘米左右的木棍或竹竿，让宝宝背对着坐在妈妈的怀里，和妈妈一起握住木棍，宝宝握中间，妈妈握两端。妈妈说："宝宝来划小船，划呀划。"开始时，母子一起划，等宝宝掌握了划船的动作后，就让宝宝自己拿着小木棍一前一后地摇动，模仿着一推一拉地做划船的动作，妈妈在旁边唱划船歌助兴。以此来训练宝宝的臂力，锻炼腹肌并有节奏地弯腰配合手臂的前后摇动。

尽情展示宝宝的才艺

——宝宝艺术潜能启智开发训练

音乐号令

你可以在家里设计几种音乐号令，例如选定几个音节作为吃饭歌，每当响起这种声音就是要准备吃饭了，让宝宝先把玩具收拾好，快去洗手，然后坐好吃饭；还可以用几个固定的音节作为准备睡觉的号令，先让宝宝上厕所，再洗漱，最后穿睡衣上床躺下。这几种声音可以设置在手机上或者录音机上，放在固定的地方，让它定时播出，成为宝宝日常生活的一部分，用音乐号令提示作息时间。

倾听宝宝的歌声

从 18 个月大开始，宝宝就会不停地练习唱歌了。他一开始学会的是妈妈经常唱的歌。如同背诵儿歌那样，开始会唱最后一个音，然后会唱开头和结尾经常重复的那一句歌词，最后再把整首歌都学会。这时你可以教宝宝唱一些儿童歌曲，因为它曲调简单，每个音都是一拍，变动较少，音域在 5 个音阶之间，没有较大的高低差别。先别要求宝宝吐字清楚，因为宝宝的口腔肌肉还未发育完善，只要宝宝能高兴地学唱，你就做他最忠实的听众吧！

世界尽在我掌握

——宝宝观察、创造潜能启智开发训练

困难重重我不怕

人为地设置一些障碍，如把一个玩具放在要经过桌子、爬上高坡、跳过水沟才能拿到的地方，看看宝宝是否能自己想办法拿到。家长也可以在户外给宝宝设置一些要经过爬、钻、跳，或者还要再跑一段距离才能到达的目的地。有时聪明的宝宝也可以自己想些办法来解决，比如用一条绳子套过去向自己方面拉，或者用根棍子把东西拨过来等等。总之，要让宝宝自己开动脑筋，想办法拿到目的物，大人可以帮助出主意，但是不要动手，要让宝宝自己去完成，才算克服障碍。这些设置障碍的游戏，让宝宝在锻炼体能的同时，充分发展了他的思维和创造力，从小培养他善于、勇于解决问题的能力和果敢的品质。

沙土乐园

带宝宝到海边或在室外给宝宝堆一个沙堆，在这个沙土乐园中，让宝宝任意发挥他的想像力和创造力吧！他会用手拿一把干的沙，让它从手指缝中漏掉；如果把沙淋湿，就可以把沙捏起来做成饺子，或用小碗扣个大馒头；有时他还喜欢把自己的一只胳臂或一条腿埋在沙土里，翻身一抖就钻出来；有时他会在沙土上画圈、画线或留下个小脚印、小手印……玩沙使宝宝感到其乐无穷。

魔术口袋

把宝宝已经认识的日常用品4~5件放入布口袋中，把口结上，只留能让宝宝伸一只手进去的口，眼睛看不到里面的东西。让宝宝伸手进去摸，然后让他说出里面摸到的是什么东西，别忘了当宝宝说对时，一定要给予鼓励和表扬。这个游戏可以锻炼宝宝的想像力和思维能力。

这是我的家

用大纸箱给宝宝做一个安静的家，把箱子的开口侧放，做家门。在箱子的侧面开个窗户，以进入光线。宝宝会把他的宝贝带进来，如小板凳、玩具等。让他在里面安静地玩吧！他可以从窗户向外观察，看大人的动静。如果有熟悉的小朋友来，他们就会躲进去玩的更加开心。他也许还会爬到箱子顶上跳下来，或者把箱子推歪了，利用斜面当滑梯滑下来，或者缩在里面把头伸出来逗大人玩。如果没有大纸箱，也可为宝宝营造一个单独的小空间，如床底下、门背后、大桌布下面、大窗帘下。让宝宝拥有一个安宁的小地方，躲开大人的视线，随意做自己喜欢做的事，享受一点舒适和宁静，充分发挥他的想像力和创造力。

小鬼也能当大家
——宝宝生活、交往潜能启智开发训练

认识回家的路

　　每天带宝宝去附近买菜或玩要时，要让宝宝学会辨认或记住家门口的一些标志。如拐弯处的某个广告牌，附近的某个商店、某个建筑物，或一棵大树等。你可在回家时试着让宝宝在前面走，看到标志时，提醒他应往哪边转弯。到家门口前，让宝宝学认自己家的房子，在第几个门、或者上几层楼、哪一个门等。当然，宝宝不可能一下子全都记住，每天出去都让他记认一小部分，几天之后就可以让宝宝走在前面带路回家了。这可以使宝宝养成认路的习惯，从小培养他良好的方位感知觉。

社区活动

　　当你外出散步或开车的时候，指给宝宝看他所生活在的社区，并告诉宝宝如何才能适应社区生活。和宝宝谈谈他所看到的事物，如消防车、警车、公共汽车、火车、飞机、救护车、医院、学校、百货商店、图书馆、公园、操场等。你会发现，他将懂得比以前多得多的东西，远远超出你的想像。宝

宝也将会知道，在他成长的过程中有许多人可以帮助他。

小·助手

让宝宝做你的小助手吧，他很乐意为你效劳。他常常帮妈妈拿东西，如给妈妈拿拖鞋、拿包，递给妈妈盐、酱油、醋；看到奶奶择菜，赶快给奶奶拿板凳；爸爸干活时，他也会帮爸爸递个锤子、拿个改锥等。宝宝不但帮大人干了活，还认识了许多物品。让宝宝从小养成帮助别人、热爱劳动的习惯，对宝宝的成长及行为性格的形成是有很大好处的。

送玩具回家

收拾玩具要在玩好玩具后就立即进行。先要准备好盛器，如纸盒、塑料桶、大篮子。并预先告诉宝宝："你的玩具'朋友'和你一样，都玩累了，现在你该送它回家了。玩具的家在这里，请你送它回家好吗？它也要休息了。"接着出示盛器，帮助宝宝将玩具一件件放入。开始时，由大人帮助一起收拾，以后，仅以语言提示，让宝宝自己拾起玩具放好。随着宝宝年龄的增长，逐渐将盛器分成数个，分别存放。如娃娃家、动物家、积木家、皮球家等等。此游戏可以让宝宝学会分类，从小培养他做事有始有终、井井有条的习惯。

好吃的分享

饭菜都准备好了，可爸爸还没有回来。电话铃响了，爸爸说今晚有事，会晚一些回来。妈妈决定大家先吃饭，把好吃的留给爸爸回来享用，让宝宝替爸爸留一些好吃的。宝宝用勺子把每样菜都舀一大勺放在爸爸的盘子上，爷爷奶奶看了都很高兴，夸宝宝真懂事。有些大人为了心疼宝宝，经常在盘里挑最大的虾、最好部分给宝宝，久而久之，会使宝宝认为最好的当然应该是自己的，这样就会把宝宝惯坏了。如果平时大人总是把好东西大家分，宝宝只享用他应得到的一份，谁不在家就给谁留着，这样宝宝心里总是会想到别人，从而培养宝宝关心别人的良好性格。

家庭相册

1 岁前后宝宝看家庭照相是学认亲人，怎样称呼他们。1 岁半前后可以有了进一步的内容。比如，你告诉他这位叔叔在西安读大学、这位阿姨在上海工作、这位爷爷和那位奶奶住在北京……。宝宝听天气预报记住不少地名，看家庭相册可以让他复习一下。宝宝也会跟着记住一两种工作，等两岁后再教他多认识几种职业。

分开两种不同的东西

在一个大盆里，混合装着花生和汽水瓶盖，让宝宝分别把它们择开，放进两个小筐里。宝宝一定会用手随意捡到一个，就放进一种的筐里，这样会浪费一些时间。你可以教会宝宝更省时、省力的方法。告诉他只需择一种东西，剩下来的就是另外一种，这样他只用一半的时间，就能干完，让宝宝学会巧干。

 宝宝心语

妈妈，你教给我的东西实在是太多了，我一个也没记住。你能让我少学点吗？等我学会记牢后再学新的知识。还有哦，当我不饿的时候你也给我拿好吃的，我不吃你总是说小孩子就是要多吃东西，长得白白胖胖的才可爱。我现在都快成小胖墩啦，这样下去不利于我的生长，我的小肚肚会受不了的。

家教中谨防"过犹不及"

万事万物都需要有个度，把握好这个度是至关重要的。人们做事情一旦超越了一定的范围，就会适得其反，也就是人们常说的"过犹不及"。在家庭教育中，如何把握分寸，防止"过犹不及"呢？你应该注意以下几点：

◎营养过度

让孩子摄入过多的、超出身体需要的营养不但是浪费，而且对身体有害无益。蛋白质和脂肪过多，除了会影响消化功能外，还可以造成肥胖症，影响身心健康。

◎关怀过度

对孩子的照顾，应随着孩子年龄的增长而逐渐减弱。过多的替代就是对提高孩子自理能力的剥夺，促使孩子向退缩心理发展。

◎亲昵过度

父母与孩子的情感交流十分必要，但也要根据年龄特点。对较大的孩子过分亲昵，常常会影响性别角色的形成。常见的"恋母情结"往往就是由于这个原因。

◎教育过度

超出孩子能力范围、过多的学习内容占据了孩子休息游戏的时间，搞得孩子疲惫不堪，反而什么也学不好。

◎期望值过高

适当的期望值可以成为孩子进步的动力，促进成才。但若不根据孩子的年龄特点、智力水平，盲目地期望过高，孩子虽经努力还是达不到要求，就会使孩子丧失信心。期望则会变成失望。

宝宝人生第 19~21 月

宝宝成长进程

　　此时的宝宝跑动能力有所提高，但往往不容易自己停稳，动作还不是很协调。有的宝宝会自己上楼梯了，但下楼时一般还需要大人的帮扶。宝宝现在能比较自如地把球用小脚踢出去，能双脚跳，但不超过 10 次。能在宽 25~35 厘米的两条平线中间走，不踩线。能跨越 5 厘米高的竹竿或门坎。他会两折及三折纸，能搭高 5~6 层的积木，能用线穿过扣眼。大运动是这一时期孩子最感兴趣的活动，他们很欣赏拖着小车走来走去的感觉，也喜欢坐滑梯往下滑的感觉，更沉浸于被大人假装追逐的兴奋，甚至喜欢尝试爬上楼梯再往下倒退的滋味。

　　宝宝非常热衷于模仿成人做事。他可能会把家里的冰箱门一会儿开一会儿关，把椅子推来推去，拿块抹布跟着大人东擦西擦，一会儿也不闲着。喜欢自己洗手，试着自己穿衣服，看到大人刷牙也会要求尝试一下。

　　这个阶段是宝宝理解词义和表达能力迅速提高的时期。他们由模仿成人语言，逐渐形成主动性的语言，说话积极性提高，词汇量增加，能说出30个左右的常用单词，开始把单词组成简单句。

行走扩大了宝宝活动的范围，使他认识了更多的同伴，与人交往由被动向主动发展，由观看小伙伴游戏趋向参与。能与一至两个伙伴一起玩，但同玩的时间还较短。此阶段的宝宝对生活中经常听到的声音比较关注，对敲击物品、制造声音也相当有兴趣，特别是家人的声音会使他们愉快、有安全感。比较特别的声音也会引起孩子的注意，甚至会引起他们害怕、惊慌等情绪反应。部分孩子已建立起声音与所发生事情的联系。

宝宝记忆力和想像力也有所发展，他开始思考和记忆那些不是眼前正在发生的事物。比如，如果你把一件玩具藏起来，宝宝不会再认为这件东西消失了，而会努力寻找，如果在他认为可能藏玩具的地方没有找到，他就会换一个地方再找。对事物的大小，远近能初步进行辨别，但对事物之间的空间关系还不十分理解。如会让妈妈带他到月亮上去、叫大人用手去抓天上的鸟等。

宝宝现在还会有一些特别的生活习惯，比如特别喜欢一个玩具熊，走到哪儿都得带着，或是喜欢一天到晚嘬自己的大拇指，或者睡觉时不停地玩一条小枕巾等，这些都是宝宝的心理需要，以此来安定自己的情绪。

早教导言

这个时期的宝宝正进入语言发展突发期，家长要把握时机，通过画片、实物等耐心反复地教育孩子认识事物，增加词汇。语言是通过模仿才学会的，在教孩子时，一定要使用正确语言。采取一些孩子喜闻乐见的形式，如利用教具，实景实物。用宝宝喜欢的声音，使单词句变为三字句或多字句，甚至在游戏当中都可以教孩子练习语言。

这时，有的宝宝还表现出逞强好斗的个性，会发生打人、推人、咬人等各种不良行为，以男孩的表现更为常见。对宝宝的这一行为一定要加以制止，但不要单纯用打的方式教育宝宝，这样有可能适得其反。要平静而坚决地告诉宝宝，小朋友之间使用武力任何时候都不是解决问题的办法，而且是决不能容忍的，打人不是好孩子。

此阶段在运动上你要有意识地训炼宝宝双足离地跳、双手过肩抛球这方面的能力了。此外，还要训练他感官互相代替的能力，如用听代替看、用触觉猜物，以此来培养他的感知联想，从而促进其智能发育。

打造小小演说家

——宝宝语言潜能启智开发训练

让宝宝开口说话

此时的宝宝如果仍用手去指物时，大人应用声音慢慢说出物名，让宝宝跟着说出声音，才把东西给他，以此来引导宝宝说话。你可以经常与他进行一些刺激他说出声音的游戏，如让宝宝喊口令大家一起跑，到达时要说"到"；讲故事时让宝宝用声音来回答问题，而不是用手指图回答；做动作时让宝宝说出自己在干什么，说出："吃饭、睡觉、走路、喝水……"等。这时，家长还要注意及时更正宝宝的一些发音，以免宝宝在开口期就会自己编出一些谁也听不懂的话，引起交流的困难。大人千万不要将就宝宝去学宝宝的话，应把他说的变成正规语言。此外大人要细心理解宝宝的实际需要，如果大人误解了宝宝的意思，宝宝拒绝时，大人以为宝宝不听话给予批评。宝宝不服就会产生对抗，人们常说的"第一反抗期"就是因为彼此误解而产生的，所以要善于理解宝宝的心思。

回忆"往事"

和宝宝一起观看家庭录像带，回忆他第一次洗澡、第一次翻身、第一次叫妈妈时的情景，一边看一边给宝宝讲述他"从前"的样子，这不仅能增强宝宝的记忆力，还能提升他的语言表达能力。你也可以在每天临睡前抱着宝宝，问他这一天里什么事情让他最高兴，什么让他最伤心？今天又有什么新发现，学了什么新本领？帮助他回忆今天，感知过去，及时了解他的情感，促进他语言能力的发展。

说出书名

大人在给宝宝讲故事前，先让他看着书的封面猜是个什么故事。宝宝可以随便说出一两个字，然后大人开始把封面的书名给宝宝说一遍，让宝宝跟着说上几遍，并把主角的图像让宝宝认识，看熟了封面再把第一页翻开，照着书上的字有表情地朗读。选择故事书一定要找宝宝已经认识的主要角色和配角，如果说的内容宝宝都不了解，宝宝就不爱听，宝宝爱听的故事书，宝宝能认识，并且能说出书名。家长可以让宝宝选择自己爱听的故事，宝宝喜欢的主题难一点儿也不怕，大人不要勉强宝宝听他不爱听的故事，以免让宝宝拒绝听任何故事，而失去了这个最好的学习语言的机会。

传话筒

请宝宝当传话筒，去告诉第三者第一个人对他讲的话。如妈妈在宝宝耳边说"小狗真可爱"，请他把这句话转述给爸爸，再让爸爸把这句话说出来。注意观察宝宝的转述是否能完整地表达原来的意思，如宝宝在传话过程中漏失词语，可适当地减少用词数目。这个游戏可以锻炼宝宝的听、说能力，促进宝宝语言能力的发展。

自己做的项链

让宝宝按红、黑，白的顺序，把珠子穿上。看宝宝在 10 分钟内能穿上几颗，如果穿得多，可以给宝宝做一个美丽的项链戴在脖子上，他会更加有信心；如果穿得少，看看一共穿了几组，记上成绩，过 1~2 周再做，看看有无进步。平时可以多让宝宝练习单色串珠，把手练快了，再做分色的串珠，就可以使技巧练好。

给烧饼点芝麻

用一张大白纸，大人在纸上画一个圈，告诉宝宝这是一个大烧饼，上面还没有芝麻，让宝宝拿笔在烧饼里面画点，如果芝麻落在烧饼外面，就吃不到了。宝宝会小心翼翼的画很多小点在圆圈里。你可以给宝宝用粗大的彩笔，以免宝宝画半天都未画好。此游戏可锻炼宝宝的手眼协调能力。

走独木桥

找一块宽 20 厘米，长 1 米的木板或者厚纸板、塑料板等，放在地上，让宝宝练习在上面走。刚会走路的宝宝因为要保持平衡，两脚分开基本上与肩同宽。让宝宝练习在 20 厘米宽度的木板上走，要使宝宝的两脚略为并拢，这个游戏可以锻炼宝宝保持身体平衡的能力。

我的小脚印

妈妈可用白纸剪 10 个宝宝的小脚印，把脚印按左右脚放好，每个脚印比宝宝平时走路的步子大出 4~5 厘米，脚印放直，让宝宝走在脚印上。大人可以收走已经走过的脚印再放在前方，使宝宝可以继续往前行。刚会走的宝宝走路的步子小，让宝宝走脚印可以学走大步，而且走的脚步正，不往外撇，也不往内形成内八字。

追追捡捡

大人把口袋里的几个易拉罐同时滚到地上，把口袋交给宝宝，让他跑过去把所有的易拉罐都捡回口袋里。宝宝会很积极地把每一个易拉罐都捡回来。如果地面光滑，易拉罐会跑得很远；如果滚在草地上，宝宝则轻松多了，不必跑得太远，很快就能捡完。你还可以把每个易拉罐都抛到较远的地方，让宝宝连找带捡，宝宝则会很高兴为你效劳。此游戏可以锻炼宝宝的下蹲、站起及奔跑能力。

小·小·送货员

让宝宝推车往目的地走，到达目的地后和家长一起在车上放10块积木，再送回原处，运送两次。宝宝送货路程为20米。这个年龄阶段的宝宝应该在学会走的基础上，试着在行走时使用自己的双手，这是手脚协调能力的大挑战。这个游戏可以练习宝宝的平衡能力，走路的协调能力，也可以加强宝宝和家长之间的合作亲密感。

我和娃娃一起转

用一根布带或塑料绳系在布娃娃身上，将绳的另一端让宝宝握紧，小手臂平伸，使娃娃悬在空中。教宝宝原地转圈，使娃娃随着转动的力量飘起来，跟着宝宝一起好似坐转椅似的转圆圈。此游戏的目的是训练宝宝原地转动身体，锻炼身体的平衡能力。

钻来钻去

让宝宝练习钻椅子，用腹部或背部着地，从椅子下面钻过；或者小伙伴双脚对立让孩子从中钻过；爸爸也可以趴下，让孩子从身下钻过去。此游戏的目的是为了发展宝宝平行协调运动能力，发展其触觉感觉运动协调能力。

快乐的小投手

大人与宝宝面对面站着，相距 5 步左右。将沙包投向宝宝，让宝宝手持容器去接，然后交换动作进行：让宝宝扔沙包，大人接。这可以锻炼宝宝的奔跑能力及手脚协调动作的能力。

小球爬山

和宝宝对面站好，两人都伸出手臂，双手互牵，两人胳膊并拢。把球放在手腕上，然后开始让球来回滚向对方的胸前。此时，身体应配合球的滚动而弯腰、屈膝，以保证球掉不下来。以此来增强宝宝的上肢力量，锻炼其全身动作的协调性。

踢球入门

可以拿一个大纸箱、一条长板凳等东西当作球门，让宝宝踢球入门。宝宝在 1 岁半时不能单脚站稳，在踢球时会用手扶物，保持身体站稳。现在宝宝可以不必扶物，自己踢球。给宝宝设定一个目标，让宝宝向着目标踢球。

骑自行车

父母和孩子在床的两头分别躺下，然后抬起腿，脚心贴着对方的脚心，在空中像骑自行车一样前后蹬动，你可以一边蹬一边给宝宝念儿歌："丁零零，丁零零，骑着车儿上北京；北京有个天安门，天安门上挂红灯。红灯亮，照四方，大家心里暖洋洋。"此游戏可以锻炼宝宝下肢动作的协调性。

尽情展示宝宝的才艺

——宝宝艺术潜能启智开发训练

凭想象自由画图

让宝宝自己随着自己的思绪乱涂乱画，家长可从中找出有点像的部分，给以鼓励。比如宝宝画了一个竖道，大人说这是奶奶的缝衣针，宝宝会很高兴地多画几回。又如宝宝画了一条斜道，大人说像滑梯，宝宝也会很高兴地多画几回，以后宝宝会专门画出斜道，自己说"滑梯"。又有一次，宝宝画了一些细小的乱绕丝，妈妈说像烫过的头发，以后宝宝会专门画一堆烫过的头发给大人看。大人给宝宝举出的例子多了，宝宝自己也会找出例子，如在纸上点一些小点说是星星；在纸上画些斜道说是下雨；画出两个小弯说鸟飞；画出轻微的横线说是流水……你在宝宝涂鸦过程中的评论，会给宝宝插上想像的翅膀，有时大人无意的动了一笔，就会给宝宝很大的启示。

未来的音乐大师

收集许多玻璃杯，装上不同量的水。调节杯中水量，加入不同的食物色料来加以区分。拿一个汤勺，敲打杯子发出不同的音高，按音节从高到低，再从低到高进行演奏。根据颜色，给孩子指出哪个杯子的音阶高，哪个杯子音阶低。来吧，给我们演奏一段音乐吧！

按形状套棍

你可将圆、方、三角三种形片混合着放在盒子里，它们每个中间都有圆洞。然后让宝宝把形状相同的形片套入三根并排的棍子上。这个游戏可以锻炼宝宝的手眼协调能力及观察能力。

一起写故事

宝宝都喜欢自己成为故事的主人公，那么就和宝宝一起写个以他为主角的故事吧！你可以帮他起个头，比如："有一天，壮壮去公园玩儿，他看见了……"然后，你和他一起接着编下去。故事完成后，可以配上好看的插图、宝宝的生活照或杂志上的画片，最好让宝宝自己选图片并亲手贴上去。经常与宝宝做这个游戏，可以充分发挥宝宝的想像力，促进其创造性的发展。

听觉猜物

用空的酱油瓶、瓷碗、积木、锅盖等东西，当着宝宝的面，用筷子敲出声音。然后请宝宝背对桌子，大人随意敲一种东西，让宝宝说出敲的是什么。这个游戏可以锻炼宝宝的听觉能力和对声音的记忆能力。

水果大餐

准备几种水果：橘子、香蕉、苹果、葡萄、西瓜等，准备时不让宝宝看见。然后，对宝宝说："今天请宝宝扮演盲人，尝一些好吃的东西。但要在尝好后说出是什么东西，是什么味道。"用手帕蒙住宝宝的眼睛，问宝宝吃的是什么？是什么味道？游戏结束时，将手帕解开，让宝宝看看尝过的水果，并要求再说一次是何物？何味？通过品尝食物，发展宝宝的味觉、触觉及判断和想像能力。

不一样的温度

在三个瓶子中分别放入凉水、温水及热水（不要烫手），让宝宝用手去感受水温，并告诉他哪个有危险，以及冷热水的用途。然后蒙上宝宝的眼睛，再让他去摸瓶子，让他猜猜看哪一瓶是凉水，哪一瓶是热水。此游戏可以发展宝宝的触觉，从而促进其思维的发展。

恢复原形

把宝宝小时候用过的认物图 3 幅，如苹果、兔子、自行车等，用硬纸板贴厚。然后将每幅图用不同的切法剪开，你可以横切、斜切或用丁字形切法，使其分切成不同的碎片。让宝宝将这些碎片恢复原形。这个拼图的游戏需要宝宝看到局部推想到整体，所以必须具有想像力才可以拼得出来。

小蝌蚪找妈妈

用一个椭圆形的黑木珠，将一端的珠孔内塞入黑绒线，作为小蝌蚪的尾巴，在木珠底面揿上一粒图钉。将有图钉的底面放在塑料垫板上，把一块磁铁放在垫板下面移动。塑料垫板上的木珠底部的图钉遇到磁铁的吸引力而随之移动，就如同小蝌蚪在水中游水一样。妈妈先示范给宝宝看，然后握着宝宝拿磁铁的手，"让小蝌蚪去找妈妈吧"，教宝宝在垫板下移来移去。等到宝宝掌握了玩法后，再让宝宝自己玩。这个游戏会使宝宝感到十分好奇，那么，就让宝宝带着他的好奇心去探索和创造世界吧！

是谁的

先让宝宝认识鞋，最小的鞋是宝宝的，宝宝可以说："是我的"；中间的鞋是妈妈的，宝宝可以对妈妈说："是你的"；最大的鞋是爸爸的，宝宝可以说："是他的"。家里的肥皂是谁的？妈妈说："是大家的"。宝宝懂得东西是谁的，表示东西有固定的用者，宝宝应当知道当爸爸下班回来就应当给他送他的拖鞋，如果送错了爸爸就穿不上。老花镜是爷爷看报纸用的，要放在固定的地方，否则爷爷要用时找不着。宝宝的玩具是宝宝的，宝宝可以玩自己的东西，不可以拿别人的东西当玩具玩。

怪罪别人

有时宝宝撞到家具上摔了跟斗，宝宝在哭，大人很生气地骂桌子不好，让宝宝摔跤。有时宝宝在街上走，需要迈过水沟，宝宝迈不过去，把衣服弄湿了，宝宝也很生气地学大人的样子骂水沟不好，把衣服弄脏了……这样宝宝总是怪罪别人，并未主动想办法自己克服，所以下次仍然犯同样的错误，自己总是吃亏。如果大人指导宝宝能好好的想办法绕过家具，而不去碰它，自己就不会摔跤了；如果再看到水沟，可以先估量自己是否能跳过去，如果能就使劲跳过去，如果不能就请大人帮助，就不会把脏水溅到身上了。总之，要让宝宝知道怪罪别人或怪罪客观都不能解决问题，只有自己动脑筋想办法才行。

请宝宝帮忙

宝宝通过模仿而学习，并想做你正在做的事情。你可让他帮你做些安全的工作，让他帮你整理洗净的衣服，让他拿来红袜子，并告诉他将衣服分类的原因和方法，这样他就知道整理衣服是一门技术了。在厨房，他也可以帮你搅拌，帮你擦净面包屑和碎片，帮你打扫水池。当你整理房间的时候，给他塑料锤子和螺丝刀，也让他学着做。这会使宝宝学会独立生活的能力，从小养成不依赖他人的习惯。

上超市前的嘱咐

宝宝很喜欢跟妈妈去超市购物，如果事前没有嘱咐，宝宝会受到许多的诱惑，有些宝宝会要求妈妈买玩具、买食物、买一些家里并不需要的东西。如果大人不答应，他则会用哭闹的办法，在柜台前赖着不走，让妈妈感到难为情而不得不买。有过一次，就会有第二次，成为恶性循环难以解脱。如果第一次就对宝宝有之前嘱咐，告诉宝宝今天大人购物的目的，如果宝宝有要求，不得当时提出，要等回家后跟大人商量，得到许可才能买。宝宝如果表现好可以得到奖励，如果表现不好，下次不能跟着来购物。有了相应的嘱咐，宝宝会特别小心，尽量争取好的表现。这样大人带着宝宝上超市就不会感到难堪，宝宝学会抑制自己，学会懂事，知道服从计划，这样才能有奖励。

学洗手

先将衣袖卷上，妈妈和宝宝一起在水龙头下洗手。让宝宝拧开水龙头，将手淋湿关上水龙头，妈妈示范如何抹肥皂，将双手来回搓洗。先洗指甲缝、指尖、指间缝、手心和手背，再用水将手上的肥皂沫完全冲净。然后，让妈妈检查一下是否彻底洗净了。最后关上龙头，用自己的毛巾将手擦干。寒冷的冬季还要涂上护手霜，以保护幼嫩的肌肤。

　　妈妈，我喜欢帮你做家务，可是你为什么总嫌我给你添乱呢？你要知道，这也是我学习锻炼的好机会。长大后我会更勤快更聪明的。千万不要限制我的行动哦，你也不希望我变成一个好吃懒做的小懒虫吧？

早教贴心提示

父母要为宝宝树立好榜样

　　宝宝出生后至幼儿期，他们的生活环境主要在家里，接触最多的就数父母了。父母的言行举止无时无刻不在影响着自己的宝宝，为了使你的宝宝拥有好的品质、性格和习惯，培育出更优秀的下一代，做父母的一定要为宝宝树立好榜样。

　　幼儿时期是宝宝个性、品德形成的重要时期。这个时期的宝宝在父母的教育影响下，能初步掌握简单的行为规则和对人对事好与坏、美与丑的评价，开始知道什么是好的，什么是坏的，但他还不具备判断的标准，对这些事物好坏的判断均来自于父母的标准。所以，父母在日常生活中，对宝宝表现出的良好行为，应用"乖"、"好"来对宝宝加以鼓励和强化；对不好的行为方式要用"不乖"、"不好"、"不行"来予以否定和制止。这样，久而久之，宝宝就会知道什么该做、什么不能做，从而培养起初步的行为准则。如果父母姑息迁就宝宝的不良行为，他就不知道这样做不对、不好，就不能培养起良好的道德品质。

　　模仿是幼儿学习的主要方式，当你的宝宝能模仿你扫地、抹桌的同时，你也一定不要忘记，他也同样可以模仿你其他的行为方式，如语言、生活习惯和待人接物处理问题的方法。宝宝的模仿是没有选择性的，对于父母的一些坏习惯、不文明语言，甚至不良行为都可能被他效仿。因此，父母一定要以身作则，为宝宝做好表率作用，这样才能培养出具有良好道德品质、行为习惯和有个性的宝宝。

宝宝人生第 22~24 月

宝宝成长进程

此时的宝宝走路早已不成问题，跑得也比较平稳，动作已协调了许多。他能自己观察路线和道路情况，避开障碍。已经能双脚离地跳起，也能向前跳出一小步，多数宝宝能自己上下楼梯了。这个阶段宝宝精细动作有了更大

的发展，他握笔较稳，能模仿大人画出线条、圆圈等图形，也能玩一些简单的拼插玩具，搭积木的技巧也有所提高。

现在宝宝吃饭、喝水一般都能自理，会自己学做小事，如洗手、搬小椅子等简单的劳动。能安静地吃饭，懂得吃完口中的食物才可以离开坐位。他能使用日常生活用具，穿脱简单的衣服鞋袜，但扣纽扣对宝宝来说还是件不太容易的事，还需要加强训练。

宝宝的词汇量有了突飞猛进的进展，能叫出日常见到的大多数事物的名称，能说结构比较复杂的句子，与成人交流已基本没有困难，也开始提出更多的要求和问题。他能准确地说出自己和爸爸妈妈的名字、自己的年龄、性别。一些宝宝已经会说不少童谣。一般宝宝在这个年龄开始学会用"你"、

"我"、"他"来表达人称，开始理解反义词。经过大人讲述图书情节后，能说出图书中的主要人物。

宝宝的记忆力也有很大进步，他已经能够理解一些抽象的概念，如今天和明天、快和慢、远和近等等。他还认识了方和圆、大和小，会从 1 数到 10，甚至更多。

他喜欢跟比自己年龄稍大的孩子玩耍，很感兴趣地观察大孩子们的游戏，但一般还不会与比自己大的孩子进行主动交流。在一旁想加入又不敢，总是拉着大人陪着自己和小朋友玩，慢慢地也敢跟着大孩子们跑来跑去了，这让他十分开心。

此时的宝宝情绪波动比较大，既有对亲人情感依恋的心理需要，也有独立自主的个性要求，造成宝宝矛盾的心理，使宝宝看起来有些喜怒无常。

早教导言

玩是幼儿的天性，可以说孩子是在玩耍中成长起来的。在玩耍中更愿意接受新鲜事物和探究。这个时期除了家长陪同宝宝玩耍，还应让他加入到更多小朋友一起玩的游戏当中去，有意识地培养孩子的集体意识和团结协作精神。

随着宝宝记忆力和想像力的发展，宝宝变得胆小起来。"好奇"与"怕"也是人的天性本能反应。很多"怕"来自大自然，如闪电、雷鸣、暴雨。这个时候，父母要告诉孩子这是自然现象，不要怕。可以抱着孩子一起去感受，在感受中去安抚，这样可以改变孩子心里怕的现象。其实，孩子天生对许多事物并不会感到害怕，如对动物，都有天生的一种亲近感，由于家长怕动物伤害孩子，就会吓唬孩子说狗要咬人，猫要抓人的话。这样一来，孩子当然会害怕起来。除了对孩子有潜在或直接的危害有必要防范外，做家长的应该鼓劲孩子去探究他所认为的奥秘。只要家长悉心照料，正确引导，一般情况下是不会出现什么意外危险的。一定要记住，还孩子一个天性，是孩子聪明起来的最直接的捷径。

此时的宝宝进入词饥期，问不完的"为什么"，使得大人很烦。但是宝宝真是很想知道，而且能记得住他想知道的词汇，所以应不厌其烦地告诉宝宝，让他学会大量的词汇，无论中文英文，宝宝都能记住。应珍惜这个宝贵的时期，让宝宝记住大量词汇，才能发展语言。

已颇具想像力的宝宝，会把所有圆圆的东西都说成像太阳，把弯弯的东西说成像月亮。在教育宝宝时，一定要保护好宝宝这最初的想像力，不要过于急燥，更要杜绝填鸭式的教育方式，顺其自然宝宝会更能接受与配合。

开心·妈妈早教妙招

打造小小演说家
——宝宝语言潜能启智开发训练

我和妈妈演话剧

妈妈可以与宝宝一起玩"娃娃家"的游戏。如妈妈拿出一个娃娃，让宝宝一面替娃娃做事，一面说话："我给你吃饭"，"我给你把尿""嘿，真棒！有尿啦""快穿上裤子"，"好！咱们出去散步吧"，"不好，大灰狼来了，快回家，把门关上"……有些话是宝宝说的，有些话是大人提醒的。你一句，我一句，好像演戏一样，把宝宝带进童话故事的世界中，说话的范围就大得多了，而且能引起宝宝的兴趣，让宝宝一面想一面说，使句子渐渐加长。

妈妈忘了

妈妈可以假装忘了某件事情，这样就给孩子一个"提醒"大人的机会，实质上是为了锻炼他的语言能力。比如：吃饭时只给他一个盛好饭的小碗，而不给勺子，宝宝肯定会向你要勺子，但要求他必须说出话来；把他最爱玩的玩具放在他看得见却够不着的地方，他一开始也许会自己够，但最后他会想起跟你要的，这就需要他说出话来；穿衣服时只给他穿上一只袜子，等他开口向你要时再给他穿上另一只袜子。

我是妈妈

孩子喜欢在娃娃家游戏中扮演自己的父母，他们总是模仿父母的口吻和语言说话。这为发展他们的语言能力提供了绝好的机会。父母只要给他提供一些他穿过的旧服装鞋帽、旧奶瓶、小梳子以及布娃娃等物品，给他一片属于自己的天地就行了。他会独自在那儿玩得很开心。你听吧，一会儿是"该起床了，宝宝，来，妈妈抱……穿衣服……洗脸……该吃饭了，来，妈妈喂你"，一会儿是"宝宝睡，宝宝乖啊，妈妈做饭去"等等，听起来就像大人一样！

学会各种职业称呼

带宝宝到医院看病，大人要向宝宝介绍给人看病的人是医生，给宝宝化验的叫化验员，给宝宝打针的是护士。宝宝在大街上看见指挥车辆的人是警察，在商店卖东西的称为售货员，走过工地看见正在工作的称为工人，在农村正在种地的人称为农民，在学校教书的称为教师，在旅馆服务的称为服务员，开汽车的称为司机，在公共汽车里还会有售票员等等。宝宝对各种人做不同工作的称呼很感兴趣，无论看到真人，或看到图画，大人都可以给宝宝介绍，宝宝的记性很好，几乎见过一次就能记住。

窗外的世界

抱着孩子来到窗前，透过窗口往外看，告诉他看到的是什么。"看，那只小狗多可爱!""那是辆公共汽车"，对于那些他第一次看到的东西，要告诉他叫什么名字，并给他作一个简单的介绍。很快，孩子就会叫出周围常见事物的名称了。透过窗户让孩子学会了很多新的词语。

宝宝学英语

宝宝们最容易记住爱吃的水果名称，可以用游戏的方法让宝宝学会。例如平时吃水果就学水果名，多学一些以后，可以用实物或玩具让宝宝来玩"买水果"游戏。大人当售货员，让宝宝拿一个小篮子来买，说对一个就拿走一个，看看宝宝买走了几个，也可以让宝宝当售货员，大人来买水果，大人故意说错，看宝宝是否听得出来。互相交换脚色，就能多练习，使学习得到巩固。

让宝宝动起来

——宝宝运动潜能启智开发训练

光着小脚丫

夏天让宝宝光脚走路，例如下雨天，地上很湿，大人同宝宝一起光脚在院子里走，共同感受用脚踏进草地、泥地、水坑、石头、沙土等的不同感受，使宝宝能不用眼看，就能知道地面的性质。光脚走在凹凸不平的路面上，会引起小腿肌肉的伸缩，以维持脚与路面的平衡，小腿的肌肉伸缩会作用于脚底，有利于脚弓的形成。脚弓使脚走路时有弹性，缓冲对脑的震动；脚弓使体重偏向外侧，减少对内侧血管神经的压力，使人走路能坚持长久。所以让宝宝光脚走路是有好处的。

跨过小河沟

在地上画两条相距 5~6 厘米的平行线，或放一条彩带，当作小河沟，河沟的另一边是外婆家。"我们一起去外婆家玩耍"，然后引导宝宝跨过小河沟。或把一个玩具放在河沟对面，让宝宝跨过河沟去拿玩具玩。此游戏可以锻炼宝宝的跨越和弹跳能力。

不要碰到小树

用家中的一些小家具在屋子里设置障碍，引导宝宝绕过这些障碍物走，碰到障碍物算失败。或者几个人站着当树，每个人之间有适当的距离，"宝宝，不要碰到小树哦！"让宝宝从树中穿行，碰到人算失败。以此来锻炼宝宝身体的灵活性和协调能力。

蝴蝶飞飞

把孩子带到野外或平坦的草地上，用自制的网让孩子去扑捉飞舞中的蝴蝶或蜻蜓。宝宝会很高兴玩这个游戏，跑跑跳跳地像只小鸟一样快乐。能否捉住不重要，重要的是在过程中让孩子跑来跑去，跳上跳下，培养他的身体的灵敏性和反应能力。

学接抛球

妈妈与宝宝对立而站，让宝宝先学接反跳的球。妈妈把球向地面抛，宝宝学接从地面上反跳起来的球。因为球在地面得到缓冲比较缓和，宝宝容易接到。然后再练习接直接抛来的球，妈妈站得离宝宝近一些，开始时几乎是直接抛进宝宝的双手上，让宝宝能够接住。待宝宝有了成功的经验后，妈妈逐渐离宝宝远一些，让宝宝学会接住直接抛来的球。此游戏可锻炼宝宝手眼及身体的协调性。

请你像我这样做

先让宝宝通过图片了解这些动物的形象和特点。大人先示范动作，激发宝宝模仿的兴趣，然后让宝宝跟着大人一起做。大人做动作，要求宝宝"请你像我这样做"。

小鸟飞：双臂侧平举，上下摆动，原地小跑步。

大象走：体前屈，两臂下垂，两手五指相扣，两手左右摇摆模仿大象鼻子，向前行进。

小兔跳：两手放在头两侧（模仿兔耳朵），双脚一步步地向前跳。

马儿跑：双臂前曲，手握拳原地跑。

此游戏重在观察宝宝是否能有意识地进行模仿，对孩子动作的精确性不要要求过高。如果宝宝能模仿双手摆放的位置、摆动方向，说明宝宝已开始形成身体运动的方位感了。

金鸡独立

让宝宝先学习用一只脚单独站立，另一只脚悬空。待宝宝能用一只脚独立站稳后，大人一手托着宝宝的腹部，让宝宝身体向前倾，另一只手托着宝宝悬着的腿，尽量让宝宝的身体成水平状态，模仿公鸡独站的样子。在宝宝能比较轻松地做这种平衡动作后，再让他做两臂平举、抱头、叉腰等姿势。此游戏可以锻炼宝宝的下肢力量及身体的平衡能力。

翻跟斗

大人跪在地上，让宝宝对面站在大人双腿上，大人握着宝宝的双手，让宝宝爬到大人的腰部，宝宝的膝盖弯曲，大人将宝宝向后翻转，使宝宝的脚从上翻到下，直到与地面接触，大人一直紧握宝宝双手，待宝宝双脚在地上站稳时才可松手，使宝宝完成一个后滚翻。翻跟斗的游戏可以锻炼宝宝身体的柔韧性和协调性。

小小·维修工

妈妈可从家里拿出大大小小的螺口瓶或一些木螺丝、塑料螺丝玩具供宝宝练习。刚开始时，妈妈先把螺口瓶盖打开，轻轻拧上，并鼓励宝宝自己把瓶口拧紧，自己练习打开。木螺丝玩具的螺钉很长，螺钉和螺母都是六角形，可以用六角形的螺丝锥拧紧，也可以用这个螺丝锥把螺丝打开。这些玩具能让宝宝学习一些简单的机械操作的同时，也锻炼了他手指的灵活性和手眼的协调性。

尽情展示宝宝的才艺

——宝宝艺术潜能启智开发训练

音乐欣赏和配图

在宝宝听一些音乐时，拿出与主题相关的图片，使宝宝一面欣赏音乐，一面结合图片产生想像，以加深对音乐的理解。例如让宝宝听"维也纳森林"乐曲时拿出一幅美丽的森林的图片，向宝宝讲解这是鸟叫、这是吹号、这又是马车走动的声音等。让宝宝欣赏柴可夫斯基"花的圆舞曲"时能看到一段儿童跳的芭蕾舞的录像，宝宝会有很深刻的印象，再次听到这首曲子，宝宝会回想孩子们拿着花环在跳舞的形象，使他十分喜欢这一段乐曲。又如当宝宝听到演奏"天鹅"时看到单人舞"天鹅之死"的录像，就会对天鹅产生感情。如果重复听这些音乐，桌上有森林、儿童跳舞、天鹅及其他的图片，宝宝一定会在听到某一段音乐就会找出相关的图片来。经过多次这种培训，就算头一次听某一种音乐，宝宝也能找出与之相关的图片。

唱完整的一首歌

让宝宝学会按节拍跟着旋律唱歌，使宝宝丰富的听觉想像和视觉想像融会到旋律之中。在教孩子唱歌时，应教他唱一些易学易唱的儿童歌曲，歌词简短，符合童趣。不宜让宝宝跟着大人唱流行歌曲或电视中的插曲，因为宝宝唱不上去，就会自己把音调降低，使自己能唱下来。经常这样，就会不知不觉地唱歌走调，不易于改正。可以让宝宝跟着录音机学唱，也可以同大人一起唱，并且一面唱歌一面做动作，使唱歌更加有趣和快乐。

给宝宝的圆圈取个名字

让宝宝自由画封口的圆形，看它像什么，然后再去按着目的画得更加像一些。例如宝宝画的并不圆，很难说出它像个什么，只好算是个土豆了，如果略为圆一点，可以在外面加上光芒说是个太阳；如果成为扁圆可以说像个柿子；如果上面有个凹陷，加上一条柄像个苹果；如果有个尖，加上一条柄像个梨；如果长一点儿，说是香肠；两头尖的像香蕉或者月亮；如果宝宝画的圈太小，干脆多画几个排成一串，就像糖葫芦。大人帮助宝宝看画出来的像什么，帮助他作小小的加工，使宝宝画出来的像个实物，就会提高宝宝对画画的兴趣。

世界尽在我掌握

——宝宝观察、创造潜能启智开发训练

摸一摸

在桌子上放几种宝宝熟悉的水果，如苹果、香蕉、橘子、葡萄等，或玩具小鸡、小鸭、小狗、小猫等，用一块布将宝宝的眼睛蒙住，让宝宝通过触摸、闻等方法辨别物品。这个游戏通过宝宝的触觉和嗅觉来促进其思维的发展。

看看像什么

你可以经常与宝宝一起玩一些想像的游戏。比如你咬一口饼干，问宝宝"象个什么？"你捡到一块石头，说："它简直就像一只小狗！"当你和宝宝到户外去散步时，引导宝宝自由联想天上的白云像什么？月亮、星星像什么？如："我觉得那朵白云像小羊，你觉得它像什么？"然后，你可以利用云形状的变化，与宝宝一起编故事，如："我看到一匹马在跑呀跑！它跑到哪里了？"启发宝宝把故事接下去。这些都可以丰富宝宝的想像力，促进其创造性的发展。

宝宝贴脸谱

用绒布剪一个椭圆形当作脸，用布或纸画出大小合适的眼睛、眉毛、鼻子、嘴、耳朵和头发，分别剪开，让宝宝自己排放到这个脸谱上。宝宝每天都看得见人的脸，可算是很熟悉的，但是真让宝宝自己排放，有时也会出现错误，因为宝宝并未记得每个器官的位置。经常做这个游戏可以锻炼宝宝的记忆力和手的灵活性。

水到哪里去了

用一个碗装半碗水，用一条干毛巾放在盘子上。把每样东西都让宝宝动手摸一下，并请他说出每样东西的名称。大人把方毛巾放在碗里，让它吸饱水，把碗里的水全吸掉，把方毛巾放在盘子上。大人问宝宝"碗里的水怎么没有了？"，宝宝把碗倒过来，果然水没有了，这会使他感到很奇怪。大人让宝宝用双手拧毛巾，果然把水挤到碗里去了。宝宝就知道原来水被毛巾吸收了，可以把水再挤出来。此外妈妈可以再用纸、海绵、棉花、积木、塑料给宝宝试试，看看有什么不同的后果。这可以促进宝宝观察能力和想像能力的发展，使宝宝增长知识。

大手和小手

伸出你的手和宝宝的手做个比较，先指出明显的不同处，让他看看你的手比他的大多少，和他谈论大和小的概念。然后将你和他的手分别画在纸板上，剪下来。将两个混在一起，让他指出大小，并让他指出哪个是你的，哪个是他的。这个游戏可以促进宝宝的观察能力，使他掌握大与小的概念。

画画大自然

你可以与宝宝一起在纸上画各种动物、花和植物，然后到户外寻找和图片上的物体相配对的东西，如：在鸟的画上，粘一片羽毛；在树的画上，粘一片叶子。告诉他羽毛是鸟的一部分，叶子是树的一部分。使宝宝认识整体和局部的关系，以及对大自然的认识，丰富宝宝的联想能力。

水中的沉浮

找一些能沉到水中或浮在水上的物体，比如：铝箔球、石块、木块和海绵。先让宝宝猜猜哪些会沉下去？哪些会浮在水面？然后试着将石头放在海绵上，或将海绵放在木头上，让他猜猜会发生什么？此游戏可以促进宝宝想像力的发展，从而发挥其创造性。

小鬼也能当大家

——宝宝生活、交往潜能启智开发训练

帮妈妈收衣服

妈妈同宝宝一起到阳台收洗干净的衣服，把收来的衣服放在床上，逐件叠好，分开是谁的衣服放进谁的格子里。例如爸爸的衬衫放在爸爸的上衣格子内，妈妈的衬衫放进妈妈的上衣格子，宝宝的上衣和裤子也放进宝宝的格子里。有些小东西如爸爸的袜子放在爸爸衣柜的抽屉里，爸爸的手绢也放在抽屉的另一边。妈妈的小东西放在妈妈衣柜的抽屉里，宝宝的袜子和手绢也放进宝宝的抽屉里。这种分门别类的安放一来为了用起来时方便找到，二来也为了使家里整齐清洁，不乱丢东西。宝宝经常同妈妈一起整理衣服，便学会了分门别类的本领。

睡前好习惯

宝宝每晚9：30入睡，所以他知道在9：00吃奶后，自己上厕所，然后洗手、洗脸、漱口、洗屁股、洗脚，最后两项由大人帮助完成。收拾用过的东西，然后进卧室，脱下衣服，穿上睡衣，上床睡觉。大人可以为宝宝朗读故事，开头让宝宝回答问题，渐渐把灯捻暗，10分钟左右宝宝会安静入睡，每天按时逐项完成，养成一连串的条件反射，使宝宝很快入睡，大人在宝宝入睡后离开。从小就让宝宝自己睡小床，不要让宝宝睡在大人的床上，以免互相干扰。晚饭后不让宝宝过于兴奋，可以同宝宝复习认字、做安静的游戏，或在户外散步，认识星空。不看恐怖的电视节目、不唱卡拉OK、不做跑来跑去大运动量的活动，以免影响睡眠。

小·小·传递员

大人有意识地给宝宝布置任务，让宝宝做"传递员"去邻居家，或宝宝熟悉的地方借东西或送东西。如：让宝宝给邻居奶奶送一张报纸或去大门口把奶拿来等。在送的过程中，大人要告诉宝宝进门要问奶奶好，走时跟奶奶再见。如宝宝能大胆地完成任务，大人一定要及时鼓励、表扬。这可以锻炼宝宝独立做事及交往能力。

独自吃一顿饭

将近2岁的宝宝应当完全自己吃饭，不用大人喂了，所以家长切不可对宝宝照顾太多，不舍得放手，从而剥夺了宝宝独立自主的权利。如果宝宝已经能自己吃饭大人仍不放手，结果会使宝宝养成衣来伸手，饭来张口，完全依赖别人的性格，这会害了宝宝的一生。

练习洗脚

每天睡觉前，如果不必洗澡，也应该让宝宝洗脚，这既能保持个人卫生，也能让宝宝在冬季使双脚暖和，便于入睡。大人给宝宝准备温水，让宝宝坐在小板凳上，脱去鞋袜，把双脚泡在温水里，如同洗手那样，用手把肥皂搓到脚心，脚背和脚趾缝中搓洗，然后在清水中再搓干净，洗净后，用干毛巾擦干，穿上拖鞋，再把用品收拾好，尽量不必让别人代劳。

认识几个小朋友

带宝宝出去玩耍，见到小朋友时，大人首先互相打招呼，让小朋友在一起玩耍，大人先介绍宝宝的小名，让宝宝记住别人的小名。会走的宝宝们都喜欢在一起玩，如每个人都拉着拖拉玩具学跑；每个人都拿着小铲小桶在铲沙土；都拿着镶嵌玩具练习镶嵌等。这个年龄段的宝宝喜欢做"平衡游戏"，如他们喜欢旁边有同龄人，每个人都拿着相同的玩具，这样彼此不会争吵。他们经常会互相笑笑，彼此点头，大家做

一样的动作，虽然是各做各的，并不在一起玩，但是互相看得见，感到别人的存在，这让他们感到很满足。这是1岁半到2岁宝宝游戏的特点。

买东西

大人带宝宝到商店买东西时，鼓励宝宝向售货员说明自己想买的东西，如："阿姨，我买糖。"并且自己挑选好，然后大人与宝宝一起到收款处交

钱。取回所买东西时，引导宝宝向售货员说"谢谢"。让他学会与人交流的技巧。

问一问

大人带宝宝到公共场所游玩时，可随时对宝宝进行交往能力的培养。如：在公园游玩时，启发宝宝向园林工人叔叔请教，问一问这是什么花，那棵树叫什么名字……使宝宝学会提出问题，与人进行交谈。

宝宝心语

我喜欢同大哥哥大姐姐一起玩，妈妈带我去找他们吧，别让我整天和大人呆在一起，小朋友越多我才会越高兴。不用担心我会受欺负的，他们对我可好了，虽然我参与不到他们的游戏当中，可我跟在他们后边当个跟屁虫也挺好玩的。

早教贴心提示

正确对待宝宝的独占行为

随着我国独生子女的增多，一些独生子女问题也应运而生。许多父母为自己宝宝的自私、独占行为强而苦恼，孩子的这种独占行为是如何产生的呢？

这与家长的教育有关。比如有的家长买来东西，对宝宝说"宝宝，我给你买好吃的了"，这个"给你买"的概念一旦形成，买来的东西在孩子看来就是自己的了，还给别人分什么，时间长了就养成了独占行为。此外，也与家长的行为有关。孩子的模仿性强，经常模仿大人做些事情。有的家庭比较强调秩序，严格区分家人的私有物品，严格区分孩子的日用品，不允许别人使用，还有的父母自己就不愿与别人分享合作，这些做法都可以影响到孩子的行为，强化孩子对"我的"概念的理解。认为我的东西只能我来支配我来用，不愿与别人分享，慢慢养成了独占行为。再加上现在的家庭大部分是一个孩子，从小没有兄弟姐妹和他分享东西，长辈们又对他溺爱和迁就，这使孩子养成了独占行为。

家长要从小教会和培养孩子与别人分享，鼓励他和别的小朋友一起玩耍，如果孩子把自己的东西分给其他小朋友时，家长要及时给予语言上的赞扬。另外，在家里吃东西时，也可以让孩子把吃的拿给爷爷、奶奶，让孩子知道人人都应有一份，大家一起分着吃。以此让孩子懂得共同分享、礼让别人，防止孩子养成自己优先、自己独占的习惯。

宝宝人生第 25~27 月

宝宝成长进程

　　这个阶段的宝宝能从地上拾起东西不掉落，下蹲也更加容易，会踢球，能单独上下楼梯。他热衷于大运动的游戏，如：跑、跳、爬、跳舞、拍手。能叠 6~7 块积木，会用积木搭房子和城堡，会串珠，能用蜡笔模仿画垂直线和圆。他已经能一页一页地翻书，会转动门把手，拿着剪刀有模有样地剪东西。他的自理能力又有了很大的提高，能用一只手拿小杯子喝水且喝得很好。勺子也用得很好了，溅落很少。白天醒时能坐便盆，很少需要别人帮助。

　　这时的宝宝喜欢听故事，喜欢看动画片，注意力集中时间延长，记忆力增强。他能清晰地分辨并记住生人和熟人的面孔，能分辨出各种不同的声音，能随着音乐起舞，开始唱单调的歌。语言发展迅速，词汇量急剧增加，能重复一件事情，能回答生活中的一般简单问题，喜欢猜简单的谜语。说话具有声调，不说隐语，能说代词、动词，能迅速说出熟悉物体的名称，并且能跟生人进行对话啦！

　　此时的宝宝喜欢尝试自己做事情，凡事都喜欢问"为什么"，爱用疑问句和否定句，他开始以他的意愿对抗你，也可能会变得相当消极。他会一再地使用"不"字，他不再总是顺从你的意愿。他爱表现自己，对自己的独立性和完成一些技能感到骄傲。他还不能区分正确与错误，不愿把东西分给别人，只知道是"我的"。

早教导言

尽管此时宝宝的各种能力都还处在初级水平，但其发展速度却是最快的。作为家长，要多多鼓励孩子，营造好的氛围，创造让孩子进行各种尝试的环境，让他有信心地做他能做的每件事。

此时正是宝宝自我意识形成的萌芽期，作为父母要给予宝宝无尽的爱抚和精心的照料的同时，也不要对宝宝过于溺爱，对他百依百顺，否则容易使他形成以"自我中心"和"侵犯性"行为，不利于其良好性格的形成。随着宝宝自我意识和自我能力的增强，要不失时机地培养他的独立性，凡是他力所能及、乐意做的事情，父母都应放手让他自己去做。当宝宝独立完成一件事后，父母要表示鼓励的赞扬。同时还要引导他由自我服务，走向为他人服务。

由于宝宝此时开始有了节奏感，喜欢做类似跳舞的活动，所以可以放点音乐，让他伴着音乐起舞，做些跪地或摇摆的动作，边唱边拍手。给他读长一点的、复杂一点的故事和童话，利用故事、音乐磁带培养宝宝对音乐的兴趣。

此时的宝宝既有依赖性，又有独立性；既可爱又可恶；既大方又自私；既成熟又幼稚。教育方式的不同，所产生的效果也不尽相同，心里学家告诉我们，孩子在中等愉快的心境里学习效果最佳。俗话说：好孩子都是夸出来的。所以，要善于对宝宝说"你行"，"你真棒"！让孩子在愉快的环境下接受新知识，学习新技能，塑造健康自信的性格。

打造小小演说家
—— 宝宝语言潜能启智开发训练

数数音节

你可以一边和宝宝说他和他朋友的名字，一边打拍子，如明明（两拍）、李小冬（三拍）。也可以试一下其他有趣的词，教他和你一起拍手一起数拍子。告诉宝宝每个词是由单个字组成的，让他理解字和词之间的关系，增加他的词汇量。

一个不能少

大人一边拍手，一边念儿歌，宝宝跟着表演动作。宝宝能念儿歌后，让宝宝自己念儿歌，或和大人一起念儿歌。此游戏可以训练宝宝的语言能力和对身体器官的认知能力。

一个不能少我有小手小脚，（两手放胸前，手心向外，再双脚跳一下）也有眼睛鼻子耳朵，（两手先指眼睛，再指鼻子，最后指耳朵）各有各的岗位，（两手叉腰，双脚并拢站立）一个也不能少。（左手叉腰，右手摇摇）小手拿勺，（做吃饭状）小脚跳跳，（跳一跳）眼睛看亮，（眼睛向前看）鼻子闻香（做嗅味状）耳朵站岗放哨。（歪头侧耳听）你说谁能少？

学做自我介绍

平时教导宝宝会说出自己的名字、年龄、性别、父母姓名、父母的工作单位等，最关键的是能说出家庭住址和电话号码，如果能记住父母的手机号就更好了。这样如果宝宝和大人走失，宝宝能自己说得清楚，就会方便帮助他的人替他找回家。平时家长应让宝宝认识附近的居委会、派出所、或者与自己相熟的人和单位，以便万一有事，宝宝可以请他们帮助。实在找不到合适的单位时，平时大人经常带宝宝去的地方，如医院、菜场、商店、托幼单位等也可以帮助。

让宝宝动起来
——宝宝运动潜能启智开发训练

摘苹果

用红笔制作几个大苹果，剪好。用几根曲别针把苹果别在一根长线上，高度以孩子伸手、踮脚尖能够到苹果并摘下为宜。开始时，如果孩子够不到，或根本不愿踮脚，你不要着急让他够，可先降低一点高度或用手往下压压苹果，让孩子一下就摘下，有成功的乐趣。这样孩子没有挫折感，才能更投入的摘，然后再慢慢提升高度，让他踮脚自己够。开始踮脚的时候可以先稍稍扶他一下，让他有安全感。等到他能比较自如地摘苹果，就给他一个小筐子，让他每摘一个就蹲下放在筐子里。不断地踮脚、蹲下，如此就能锻炼腿部力量。

正义的小勇士

给宝宝手中放一只球，画一个大灰狼贴在墙上，把一个毛茸小兔子放在旁边，说："大灰狼要吃小兔子，宝宝快帮助小兔子打大灰狼呀"！宝宝一定会将手中的球向大灰狼一阵猛砸。打了大灰狼，小兔子十分感激，将小兔子放在宝宝怀里热烈拥抱，谢谢宝宝乐于助人的爱心。让宝宝在游戏的同时，锻炼了上肢力量及手眼的协调性。

快乐的猴娃娃

拿一条短棍，让宝宝双手握着，大人双手握着短棍，把宝宝提起离开地面。说："小猴子吊起来了。"先让宝宝向左右摇动，然后让宝宝把双腿弯曲，又再伸直。大人再把宝宝提高，开始做大幅度的左右摇晃，再做前后摇晃。宝宝也可直接用手握着大人的前臂，如同用短棍那样先向左右摇晃，大人再把宝宝提高，做左右前后摇晃。此游戏使上下肢共同做动作，以增长肢体的耐力。

一条会游泳的鱼

卡通剪纸可以锻炼宝宝的精细动作及自己动手的能力。只要简简单单的几张彩色纸，就可以剪出许多宝宝们喜欢的小动物，让我们一起剪一款"会游泳的小鱼。"拿几种不同颜色的纸张：绿色的、黄色的、黑色的或者是选择自己喜欢的颜色。在绿色纸上剪出一个鱼形的造型，在黄颜色纸上剪出两个稍大的黄色椭圆形，是用来做小鱼眼眶的。再剪两个小的黑色圆形，黑色小圆则是鱼儿的眼睛。再剪 8 个其他颜色的小圆，是用来当作鱼鳞的。对折刚才剪下的绿色大圆，以及鱼尾、鱼鳍粘在相应的位置。将鱼眼、鱼鳞粘在相应的位置。最后将剪出的一根绿色小条两端稍卷，粘在鱼儿的前端，这就是鱼须。一条活灵活现的小鱼就做好了，轻轻压动鱼尾，小鱼儿就"游动"起来了。

串珠数数

经常让宝宝做一些串珠游戏，可以促进他精细动作的发展，使手眼更加协调。这个阶段的宝宝，你可以让他边串珠边学数数，如让他每穿两个白色的珠子就穿一个红色的，每三组加一个黑色的，这样数到几个黑色就知道穿了几十个珠子，既漂亮，又容易数数。

插积塑

大人用积塑按图形先插成某种玩具。然后鼓励宝宝用积塑先学习将凹面嵌入另一块积塑内。先用两三块插成最简单的用具，如盘子，烧饼等。再用多一些插成电话或小球。渐渐由少到多，或连上两个盘子成一个车轮，两个电话接上成为车身，将几件插上成一辆汽车。经常做此游戏，可锻炼宝宝的手眼协调能力。

尽情展示宝宝的才艺
——宝宝艺术潜能启智开发训练

家庭伴奏

全家人一起来开个音乐会吧！让宝宝学会同大家一起为一段音乐敲击伴奏，一同开始，一样的节拍，在某几句声音大一些，在某几句声音小一些，到了停时一起停止，谁也不可拖拉。如果再有一个指挥，那就更好了，这样可提高整体的伴奏水平。让大家跟着指挥开始，节奏随着指挥可快可慢、可强可弱，到了停止时大家一起停。要注意音乐才是主题，伴奏是次要的，不可声音太大，把主题音乐盖过了。经常与宝宝做这样的游戏，可增强宝宝的节奏感，促进其音乐潜能的发展。

画山画水

家里经常可以找到一些山水画，大人同宝宝一起欣赏，并用笔来描画。可以用向上的曲线表示山，连续画几条曲线，就成了群山。在山与山之间可以是连接的，也可以不是连接的，前后错落有致，就更像画中的山了。再仔细看画中的水，有些水从山上流下，常在两山之间，可用几条斜线表示；另一些是河流，是平躺着走的，可以用轻轻的横线来表示。宝宝记住这些基本的道理，离开图画自己也可以试着画，先让宝宝心里有一些印象，这样画起来就会更像些。

嗅觉大师

给宝宝一些空的瓶子或罐子，帮助他收集一些有特殊味道的东西。如：洋葱、蒜、橘子皮、柠檬皮、香水、洗发精等，放进瓶子里，盖上盖子。在盖子上刺几个小洞，以便能闻到味道。让孩子闻闻看，鼓励他试着说出"那是什么味道？像什么？……"这个游戏可以帮助宝宝发展感官知觉，促进其想像力的发展，还可以提高他词汇的表达能力。

积木搭立体楼房

你可以教宝宝用积木搭建一座立体楼房。用正方形的积木放在四个角上，把一本方形小书支撑起来，然后用同样的方法可以把楼房搭得很高。搭出 5~6 层后，把其中一个角的积木轻轻抽出来，让宝宝猜猜会有什么后果？将楼房任何一个角的积木从上到下全部抽走，再让宝宝猜猜看？将楼房对角的积木从上到下全部抽走，后果会是怎样？这让宝宝知道，要支撑一层楼，在正方形的两个对角下面支撑就可以稳当，但是每层的支撑点要相同，这样就能用最少的材料搭起楼房了。这个游戏锻炼了宝宝的思维，促进了他想像力和创造力的发展。

会变色的花

取一些蓝色的颜料放在一瓶水内，将它搅拌均匀。将一支白色的康乃馨插入盛有蓝色水的瓶内，让宝宝猜想一下会有什么样的后果？几个钟头后，谜底揭开了，花瓣呈现出蓝色。告诉宝宝，植物内有无数从根部通至叶和花的"小管子"，是这些管子把蓝色的水带至叶子和花瓣内的。此游戏可以开发宝宝的想象力，促进其创造力的发挥。

黏糊糊的形状

混合不同颜色的橡皮泥做成不同的形状。先混合一些兰色和红色的橡皮泥，团成球形，然后教宝宝如何把球搓成一条细长的绳子，并将绳子头尾相连做成圆形、三角形或方形，你还可以将绳子绕在一起做成螺旋形，然后让宝宝自己动手，看看是否能模仿。这个游戏可以锻炼宝宝良好的动手能力，激发宝宝的想象力。

摸数字

把几个塑料数字放在一盆混水里，可以用肥皂水，也可以用洗米水。大人说："给我摸个 5"，"给我摸个 3"，"给我摸个 8"等等，如果宝宝摸错了，再放回去，让他再摸，直到摸对为止。也可以把数字放进米罐子里，让宝宝伸手到米罐子里去摸大人所要的数字。如果在户外，大人可以把数字放进沙土堆或沙池里，尽量放在深处，让宝宝摸出大人所要的数字。这个游戏可以通过宝宝的触觉促进大脑思维发展。

刚才这里有什么

在桌子上摆放两种宝宝熟悉的玩具，让他观看，并让他说出玩具的名称。然后将玩具收走，让宝宝回忆一下，刚才桌上放着什么？如果宝宝忘记了，就再拿出来，让他看看，然后再拿走，让他说出是哪两种玩具。如果宝宝能一下子说出，那么可以再放三个小玩具，让宝宝来试试。这个游戏每次只能连续做两次，以免使宝宝产生疲劳和厌烦。此游戏的目的是为了发展宝宝的观察力、注意力和记忆力。

宽容待人

要让宝宝学会宽容待人，首先家长应对宝宝宽容，让宝宝有所选择，听从宝宝的意见，不是一定要求宝宝绝对服从大人，在宽容的家庭氛围长大的宝宝才有可能待人宽容。

在家里让宝宝担任分食物、分用具、分玩具的角色，宝宝经常分给别人，也担任收回来的任务，学会了管理。家里的东西是大家的，就自然会不自私，对大家都一个样。

让宝宝待人和气，愿意听从别人的意见，主动找人说话，关心别人的需要。遇到爱哭的宝宝，首先问他想要什么，主动带他一同玩耍，给他安慰。遇到打人的宝宝，只要他不打人了，就同他一起玩，不孤立他，这样就能团结大家，快乐地共同生活。

用筷子吃饭

2岁的宝宝会用勺子自己吃饭后，应该马上学用筷子。用筷子经常锻炼利手，右手拿筷的宝宝语言中枢在左脑，当右手做精细工作时，指导手的神经从左脑发出，越动用右手，左脑越得到锻炼，使左脑的语言中枢受到锻炼。当他会用筷子时，当有人问到："你用哪只手拿筷子？"宝宝会举起右手，大人教他说："右手"，宝宝就会马上记住。你再问他："哪是右眼？""哪是右耳？"时，宝宝也一并学会了，所以学会了拿筷子，很快就分清左右了。

学漱口

早晨起床和吃完饭后，让宝宝和大人一起端着自己的杯子，大人先做示范，拿起杯子将水含入口内，鼓腮几次使水在齿间流动，然后将水吐出。开始宝宝可能不会将水吐出，往往把漱口水吞掉。在多次练习之后，他就学会不吞咽漱口水，将水吐出了。

替娃娃穿衣

找一个光身娃娃，或者买一个可以穿脱衣服的娃娃，让宝宝帮娃娃脱掉衣服，换一件宽松的衣服准备睡觉。如果宝宝从未做过，在脱第一只袖子时需要大人帮助，让宝宝脱第二只袖子，穿衣服时让宝宝穿第一只袖子，大人帮助穿第二只，到宝宝熟练时就能完全自己操作了。穿衣服时第一只袖子容易穿上，因为衣服很宽松。穿第二只袖子时需要把娃娃的肘部弯曲将就一些才能穿上，这就让宝宝懂得自己穿衣服时，要动一下胳臂将就袖子才能穿上。因为娃娃在外面，自己完全能看得见，比自己在穿衣服时，自己看不见容易理解一些。所以用娃娃来学穿衣服对宝宝很有好处，不必大人讲解，宝宝亲自做过就明白了。

厨房大博览

同宝宝一起到厨房，看到大人拿一种工具，就讲工具的名称和用途，用完后如何清洗，注意如何保管。最主要介绍煮饭用的锅或者电饭煲，然后介绍炒菜用的锅和铲子，再介绍切菜用的菜板和菜刀，洗菜用的水池，也要介绍放废弃物的垃圾桶，和厨房保洁用的抹布、笤帚等。碗柜里有大小碗、大小盘子、勺子、筷子等餐具，有些家庭还有餐具消毒柜等用具。橱柜里还有大大小小的锅，如给宝宝煮奶的小锅、消毒奶具的大锅、蒸包子用的蒸锅、煮饺子用的汤锅、做烙饼用的饼铛、涮羊肉用的涮锅和炉子等等。

安排容器

妈妈把一盒玩具打开，让宝宝把东西逐件拿出来，两人一面拿，一面数数，把所有玩具全拿出来后，妈妈让宝宝自己放进盒子内，看宝宝把盒子放满后，还有几件放不进去。妈妈再放一遍，一面放一面告诉宝宝要先放大的，把边角腾出来放次大的，要把大小两头倒着放，最后才放入最小的。重新倒出来，再让宝宝自己安排，在妈妈口头指导下，宝宝也能把所有的玩具都放进盒子里。让宝宝独立操作，看宝宝是否能完全自己放下所有玩具。

宝宝心语

我喜欢用绿色的大蜡笔画小草，小草好画，可是画太阳公公时，我总是画不圆。还有，我喜欢问"为什么"，可是妈妈和爸爸总是嫌我烦。不要这样吧，我真的好想了解更多的自己弄不懂的事情啊！

早教贴心提示

宝宝的性格你做主

人的性格并不是一成不变的，但是一旦形成就具有了相对的稳定性。一般来说，两三岁的孩子在性格上已有了明显的个体差异，且随着年龄的增长，性格改变的可能性越小。俗话说"三岁看大，七岁看老"，因此，要想使宝宝拥有健康的性格，主要取决于你早期对他的养育方式。

宝宝性格的形成与早期生活习惯有密切关系。常听到一些父母抱怨孩子天性胆小、娇气，殊不知，恰恰是自己无意中以错误的育儿方式养成了宝宝的这种毛病。实际上，培养孩子的性格品质要从小抓起，从建立良好的生活习惯着手，如饮食、睡眠、排泄安排、自理能力训练等。这些先入为主的习惯就成为了宝宝日后的习性。

父母的情感态度对宝宝性格的导向作用也十分重要。现代父母的情感流露比以往更明显，频率和强度更高，这会使孩子变得脆弱和具有依赖性，使他们在娇宠中变得批评不得，甚至父母的声音稍高一点，他们也会因此受不了而大哭不止。这种娇气脆弱的宝宝常缺乏足够的心理承受力，一旦受到挫折极易出现心理障碍。

再则，对于如今的独生子女，父母的悉心照顾表现在各个方面，如替孩子包办的事情过多，对孩子的正常活动限制过多等。这些过分"担心"的心理，不可避免地通过言行举止显露出来，对孩子起到暗示作用。不少父母在孩子想参加某项活动之前，总是向孩子列举种种危险，结果使孩子产生了恐惧的心理，并因此畏缩不前。年龄越小的孩子越容易接受暗示，父母的性格特点极易潜移默化地传导给孩子。

如今的父母大都把宝宝的身体健康寄托在各种食品和药品上，却忽略了让宝宝在阳光、新鲜空气和户外运动中锻炼身体、增强体质。一般说来，体弱多病与性格懦弱之间存在着一定的内在联系，因为病儿往往会受到父母更加细心的照顾和宠爱，从而成为助长软弱性格的温床。这种保护过度的育儿方式，会使孩子的性格具有明显惰性特征，表现为好吃懒做，好静懒动，缺乏靠自身能力解决问题的内在动力。

为了使宝宝拥有健康完美的性格和良好的情绪，你需要用科学、合理的教养方式来对宝宝加以调教和塑造。

宝宝人生第 28~30 月

宝宝成长进程

宝宝已经能跑得较稳了，动作也越来越协调，姿势正确。他能从一级台阶上跳下来，还会用一只脚试跳 1~2 步，并且能跳远了。他不用人扶会独自走平衡木，能将大皮球扔出去达一米左右。能叠 8 块方木，能拿铅笔，但不是握成拳状，会临摹画垂直线和水平线。宝宝开始知道颜色，能重复两个数字。知道大和小，能说出图画的名字，会指出图中 4 个画面，但不会解释。

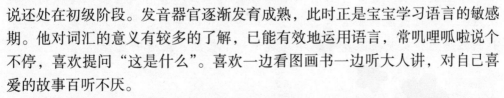

这一时期宝宝的语言能力和理解能力应该说已有很大的发展，但从整个语言发展来说还处在初级阶段。发音器官逐渐发育成熟，此时正是宝宝学习语言的敏感期。他对词汇的意义有较多的了解，已能有效地运用语言，常叽哩呱啦说个不停，喜欢提问"这是什么"。喜欢一边看图画书一边听大人讲，对自己喜爱的故事百听不厌。

此时的宝宝正是感情、情绪剧烈动荡的时期，易激动，易变化，常受外界环境及周围人的影响。他任性、难管、让人生气。但只要一满足他的要求，马上就会露出笑脸。每个孩子的不同个性表现得更明显。他和小朋友之间会发生争执和吵闹、爱缠着妈妈撒娇，嫉妒心也强了起来。恐怖心也越来越厉害，特别怕大声、黑夜和动物。

早教导言

　　这个年龄的宝宝都喜欢玩"过家家"，喜欢听从大孩子的吩咐，帮助拿玩具啦，帮助喂娃娃吃饭啦，帮助"买菜"啦……孩子们在玩耍中学会与人相处、合作，得到点滴人际关系的经验，还可以提高他的语言及解决问题的能力。父母要尽量为宝宝提供玩的条件，让他多和其他孩子接触，使他能在短期内离开父母和监护人，同孩子们一起做游戏，这有利于宝宝优良性格和行为的形成，使他的身心得以健康的成长发育。

　　此时，父母还应让宝宝尽可能多的读读画册、小人书，浏览祖国的山川、风光，有选择的看一些电视节目，来积累知识，发展他的想像力。对宝宝天真烂漫的想像要给予鼓励，万不可进行干涉和嘲笑，以免造成孩子的自我规限，使他丧失自信心，失去创作空间。父母也不要着重选择那些具有教育意义的游戏，而减少宝宝发挥想像力的机会。

　　你也应该经常对宝宝进行一些规则教育了，让宝宝懂得和遵守规则，对于他今后的成长和立足于社会有着很重要的意义。首先父母要以身作则，其次为宝宝制订的规则要合理、明了，适合孩子的年龄。当然，也要允许孩子有偶然破例和反复现象发生，毕竟这是一个长期、渐进的过程。

打造小小演说家
—— 宝宝语言潜能启智开发训练

不一样的表情

从杂志上剪一些不同表情的图片，如：开心的脸、愤怒的脸和哭泣的脸。看着这些照片，问孩子照片上的人分别有什么感情，向他讲述不同的表情和有这些表情的原因，如：你看他笑得多甜，所以这个人很开心。你还可以将许多照片摊在他的面前，问他：谁最开心？谁最伤心？谁最生气？多给宝宝提供回答你问题的机会，有助于增加他的词汇量，促进语言能力的发展。

自言自语

宝宝常在玩耍中自言自语，例如他一边找东西一边说："我的玩具熊，你躲到哪里去了？""噢，原来你在这里睡觉！""不好，老虎来了"……这几个月宝宝的词汇量快速增长，在自言自语中，宝宝会把简单句连成复杂句，这对宝宝语言能力的发展起到很好的促进作用。

猜猜我是谁

你可以想着一些动物、东西或者认识的人，然后说出和这些相关的具体提示，比如你正想着普哈熊，你就对宝宝说，"我非常柔软，我喜欢让人抱着我，我喜欢蜂蜜，艾尔合皮格莱特是我的好朋友。猜猜我是谁？"经常与宝宝做类游戏，可增强宝宝对语言的理解能力，促进其语言智能的开发，发展宝宝的想像力。

让宝宝动起来
——宝宝运动潜能启智开发训练

跳房子

在地上画出一幢有多个房间的楼房，也可将有数字或动物、水果造型的PV板铺在地上，先由父母发令，孩子跳入相应的房子内，再交换角色进行。等孩子跳得熟练后，增加游戏难度，如作连续跳跃，或先投沙包入房子内再跳进房子，也可先跳进房子，再接沙包。此游戏可锻炼宝宝的腿部肌肉和跳跃能力。

大风和树叶

宝宝扮树叶，蹲在场地里，妈妈扮大风。如果妈妈说："起风了!"宝宝就站起来。妈妈说："大风来了。"宝宝跑。妈妈说："风小了。"宝宝走。妈妈说："风停了。"宝宝蹲下。开始做时，要多说"风小了"，让宝宝走多于跑，以后逐渐多说"大风来了"，让宝宝逐渐增加运动量，多跑跑。让宝宝练习跑、走交替，听信号行动。

过小桥

路边的石阶，横着的木条或水泥方砖铺的路，都可以当作小桥。你可以经常让宝宝做此类游戏，它既能训练宝宝身体的平衡能力，也培养了他们做事时要集中注意力。

投篮

拿一个篮子，菜篮或洗衣篮都可以，然后拿一些报纸，把报纸揉成一团，做成一个一个纸球，妈妈、爸爸和宝宝轮流扔纸球，每人扔 10 个，看谁扔进篮子里的球最多。这个游戏可以锻炼手的动觉、动作的控制及对空间距离的判断能力，有利于宝宝右脑的开发。

爬得高看得远

让宝宝练习登高，先用上肢攀着上面的支架，再倒脚上架，攀到架子的顶上，由大人帮助转身，再攀爬下来。有些攀登架与平衡木相连，宝宝可以接着走平衡木；有些攀登架与钻桶相连，宝宝可以钻过矮洞，再做其他活动。宝宝在攀爬时，不仅锻炼了身体的平衡能力，而且还可以练习勇敢的性格，克服恐高症。

学拿剪刀

拿儿童用的圆头剪刀，先让宝宝学会正确地拿剪，然后再练习自己活动剪刀。你可以先在大纸上替宝宝剪开一个小口，让宝宝自己试着顺小口剪开。有时练习许久都剪不开，忽然一下就剪开了，宝宝就会顺势剪下去，多剪几回就学会了。学会用剪刀可以锻炼宝宝手的灵活性，促进其精细动作的发展。

尽情展示宝宝的才艺

——宝宝艺术潜能启智开发训练

宝宝快要上幼儿园了，你可以经常带宝宝到附近的亲子园、幼儿园或小学，听孩子们唱歌，看小朋友们在一起嬉戏的场面。要让宝宝反复听大孩子们唱歌，这样会引起他学习的欲望，尤其是在亲子园看到孩子们一边唱歌一边做游戏，那会让宝宝感到更开心。可以先让宝宝在旁边观看，如果他愿意，就鼓励他参加。家长也可以和宝宝一起做运动，随着音乐的节拍来做动作，到某一个音节就拍手、跺脚，或者转圈。如果大人记住了运动的节拍，那么回家后照样可以练习。经过多次反复学习之后，宝宝就能与别人的动作合拍了。

纯净的色彩

当宝宝最初接触色彩的时候，不要把一整盒的颜色推到宝宝面前，这只会让宝宝盲目乱涂，把颜色一种一种试涂一遍，最后变成像灰泥一样的大色块！这样，宝宝还是不了解色彩，所以，妈妈要有计划地陪宝宝玩颜色。

为宝宝提供水彩色、纸张，先给宝宝一种颜色，让宝宝感受到单纯的色彩变化。一种颜色在加进不同量的水后，就会产生明度上的变化，比如蓝色在加进水后颜色变浅，变成浅蓝、淡蓝，加水越多颜色就越淡。这样可以让宝宝了解到一种颜色会有很多的变化！你还可以用水彩颜料经过稀释制成几种深浅不同的色彩，让宝宝按深浅排序，以此来培养宝宝分辨颜色深浅的能力。

世界尽在我掌握
——宝宝观察、创造潜能启智开发训练

我是总司令

拿一个鞋盒稍加装饰，使它更象一辆汽车。收集一些陆地交通方式的图片，如：汽车、公交车、卡车、火车、地铁和自行车等。然后再将另一个鞋盒装饰成一艘船，收集一些海上交通方式的图片，如：帆船、潜水艇、货船等。还可以再装饰一个机舱，这样海、陆、空并驾齐驱，你可以统率三军了。这个游戏可以发挥宝宝的想像力，使他学会分类。

今天老头在家

用纸卷一个锥形纸卷，套在拇指上，然后给他画上眼睛、鼻子、嘴巴，这就是"小老头"了。如果再给他画上山羊胡子,那就更俏皮啦!先用这个"小老头"吸引宝宝的目光后,魔术游戏就开始了。"今天老头在家,"——"小老头"在拇指上;"明天老头不在家,"——戴着"老头"的手到对侧胳肢窝下转一圈,"老头"就不见了(其实在手心里呢!)"后天老头又回来了。"——这只手再到对侧胳肢窝下转一圈,"老头"就又回到了拇指上。这个游戏可以促进宝宝的观察能力,使想像力和创造力得以开发。

半月摇的多种玩法

坐在半月摇的凹陷中间,利用外周的半圆可以当作木马来骑;把半月摇扣倒,宝宝们排队钻过半圆的洞;把半月摇扣倒,爬到半月摇的最高点滑下来,如同滑梯那样玩法;把半月摇横倒地上,宝宝坐在凹陷中间做店主,把商品放在半圆形的柜台上做买卖;把两个半月摇横倒地上,两三个宝宝躲在中间的圆圈里过家家。宝宝,你们还能创造出更多的玩法吗?尽情地发挥你的想像力吧!

爸爸的魔术

让爸爸来为宝宝表演几个小魔术吧!它让宝宝感到新奇和着迷的同时,促进了宝宝想像力和创造性的发展。

爸爸左手拿一枚硬币,右手拿一个揉好的面团。把两手合在一起,硬币就不见了。这使宝宝感到很纳闷,把面团给宝宝,让宝宝随意揉按,突然宝宝把硬币揉了出来。这回宝宝就明白了小东西可以揉在面团里面,宝宝自己也来试试,把黄豆、蚕豆、小枣等揉进面团里。

爸爸又找来一个火柴盒,趁宝宝不注意时把硬币塞进火柴盒里。宝宝到处找硬币,后来无意中摇动火柴盒,听到响声,宝宝打开火柴盒,找到了硬币。爸爸可以教宝宝从火柴盒侧缝里把硬币放入,让宝宝再长点新本领。

爸爸找几张漂亮的卡片让宝宝看,趁他不注意时把卡片夹入书内。让宝宝找卡片，宝宝偶然翻开书，找到一个卡片，宝宝会仔细翻书，把卡片全都翻出来。

将盒底剪开一个洞，把盒子放在桌上，放入几个珠子，爸爸右手拿起盒子，左手接住从盒底漏出的珠子，问宝宝珠子在哪里？宝宝会看着盒子，很快发现里面有洞，知道珠子已经漏出来，就会翻开大人的手找到珠子。

身体大搬家

让宝宝躺在地上的一张大纸上，画出他身体的轮廓。在纸板上剪出他的头发、鼻子、眼睛、嘴、手和腿等，将这些身体部位放在错误的位置上，让他来纠正。然后，将正确的身体部位粘好，并告诉他身体部位的名称。这个游戏可以锻炼宝宝的观察能力和对身体各器官的认知能力。

神秘的海绵

准备几块薄而平整的海绵，用记号笔和小刀在海绵中央割一些小图形，如：心形、圆形、方形或星形，取出这些形状，放在一边，让宝宝将它们放回到正确的位置。以此来锻炼宝宝观察和解决问题的能力。

小鬼也能当大家
——宝宝生活、交注潜能启智开发训练

说礼貌语言

大人在早晨看到宝宝时说："你早"，并教宝宝对大人说："您早"。当大人请宝宝拿东西时，一定说："请你给我拿毛巾"，接到毛巾时说："谢谢"。当宝宝要求大人拿东西时也应当说："请"，收到东西时说："谢谢"。如果大人不小心碰到宝宝，要说："对不起"，同样也要求宝宝在冒犯别人时说："对不起"。同在饭桌上吃饭时，应尊敬年长的人，在长辈动筷子后，才可以让宝宝起筷。离开家时，要与在家的人说："再见"；从外面进家时，看到大人要说："我回来了"。晚上睡觉前要同大人道："晚安"。这些日常生活上的礼貌语言，是平时大家都遵守的，习惯了就会成自然，成为有礼貌的宝宝。

帮大人擦车

多数的家庭有自行车，大人上班回家后，车子很脏，擦车时给宝宝一条小布，让他也参加劳动。宝宝会很好奇，常常问："这是什么？有什么用？"，大人也顺便告诉宝宝，让他知道车的基本结构，和每个部件的功能。现在不少家庭都有汽车，大人在擦车时也不要忘了让宝宝来参加，让宝宝一面擦，一面记认部件的名称和功能。这既可以使宝宝养成从小爱劳动的品德，培养他的自理能力，又能使宝宝增加知识。

过家家

给宝宝一些可以代替日常用品的小东西，如放饼干点心的塑料小碗、吃冰淇淋的小勺、可以当刀板用的塑料小片、大小盒子、板凳、小毛巾等。妈妈在家同宝宝玩过家家，替家里的小动物做饭，照料娃娃睡觉等。以后遇到小朋友来做客，宝宝会主动搬出他的宝贝同小朋友玩过家家。宝宝会主动的听从大孩子们的吩咐，做自己力所能及的事。在游戏中可以发展语言，学会服从和与人合作，形成孩子们之间良好的关系。

坐转椅

等转椅完全停下，由大人在一旁固定，才让宝宝入座。有些转椅只能在同一个高度转动，由大人在地上操纵转动的快慢。另一些转椅如同跷跷板一样，可以高低，也可以边转边高低活动，这时由接近地面的人来操纵高低和转速，四个人都有机会落到地面，四个人如果操纵的力量相等，大家都会坐得舒服。如果有快有慢，经常改变就会使人适应困难，所以四人必须合作，才能玩得痛快。

学刷牙

为宝宝选购有两排每排四束毛的儿童牙刷，每天早晚和大人一道练习刷牙。宝宝初学时不必用牙膏，先学会将牙刷放在上门牙上，轻轻的颤动5~6下后，由上往下刷；把牙刷放在下门牙上，由下往上刷；再刷侧面，同样侧上牙床由上往下刷，侧下牙床由下往上刷。刷牙动作不要太快，牙里、牙外及咬合面都要刷干净。待宝宝学会了刷牙的步骤后，才让他用少许儿童含氟的牙膏。特别注意晚上睡前一定要彻底清洁口腔，刷牙后不能再进食。

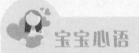
宝宝心语

妈妈，不要把我一个人留在房间里，我会感到害怕的。院里的那只大黄狗也很凶哦，每次见到它我都不敢看过去。

早教贴心提示

身教胜于言教

宝宝对于事物的理解需要有亲身的感受。比如你告诉宝宝，小白兔的特征是"红眼睛、长耳朵、三瓣嘴"，如果他没有亲眼见过，就无法理解小白兔指的是什么。只有你拿着画片边讲边指给他看，或让宝宝亲自看到小白兔，等他再见小白兔时，就自然能认识了。

宝宝要想懂得自己和周围世界的关系同样需要不断地亲身经历。比如宝宝看到你刚从锅中盛出的粥，立刻想吃，这时妈妈跟宝宝说"烫，不能动"是无效的，宝宝只有伸手摸了碗挨了烫，才能真正明白妈妈的意思。又如宝宝要够高处的玩具，会自然地爬到旁边的椅子上。但椅子如果不在旁边，他就不懂得可以搬一个过来，这只有经过父母的不断示范才能逐渐学会。

宝宝在具体形象地认识着世界，也在用心观察和模仿着父母的一言一行。我们需要教给宝宝很多知识，告诉他这是什么，那是什么，每件东西是做什么用的，有什么特征；我们还要教给宝宝很多能力，如何去发现、观察、比较、记忆、使用、驾驭；我们更需要教给宝宝如何去表达自己，如何同别人协调关系。在培养宝宝的过程中，说教是最枯燥最低效的办法，而形象的示范则是最生动最有效的手段。

做父母的常有这样的疑惑：我教他什么他却学不会，而不曾有意教给宝宝的东西，他竟有模有样地表演给你看。比如，模仿妈妈的习惯动作，重复电视里的几句话，表演周围人的一举一动，一言一行等，往往在你不经意的时候，宝宝常会"露一手"，让你惊讶不已。其实，宝宝并非不听大人的话，而是难以理解抽象的概念，但只要父母说宝宝就会听，只是孩子是以自己的方式去理解和演绎罢了，因此而出现张冠李戴、囫囵吞枣的现象也就不足为奇了。相对而言，那些使宝宝看得见、摸得着、感受得到的东西，宝宝才能真正地学习，也更容易把它们变成自己的知识和本领。

宝宝生活的每一天都在学习。不同的家庭就是不同风格的学校，不同的父母就是不同水平的老师。在早期教育这所学校中，那些能够进入宝宝世界、理解宝宝看世界的眼光，以宝宝能理解的方式与他交流的父母就是最好的老师。

优秀的父母应该这样做：

◎把宝宝看到的事物不厌其烦地讲给他。

◎把宝宝参与其中的活动简单概括地描述出来。

◎让宝宝在活动中接受人与自然。

◎让宝宝在比较中进行观察和记忆。

◎邀请宝宝参加有趣的劳动和社交。

宝宝人生第 31~33 月

宝宝成长进程

　　这时的宝宝爱从台阶上往下跳，而且落地也更平稳了。他还对爬高特别感兴趣，能在父母的护卫下往攀登架上爬。他会骑小三轮车，但还不太会拐弯。这时，你如果把宝宝一个人关在房间里，他则能转动门把手拉开门独自跑出来。手指也更加协调，可以轮换倒两个杯子里的水，水很少被泼洒出来。手指灵活的宝宝还能用剪刀剪出有形状的图形。当家里吃饺子和面时，宝宝会十分乐意地帮助你捏弄面团。

　　此时的宝宝喜欢色彩，且对颜色的好恶感十分明显，如有些宝宝喜欢红色，有些宝宝则偏爱蓝色。宝宝还非常喜欢简单的乐器，尤其爱听乐器发出叮叮咚咚的悦耳声音。他能重复三位数，想象力丰富，能模仿图画书中的动作，能画出水平线和垂直线，能叫出一些普通物品的名称。男孩子会注意到他的性器官突出体外，而他妈妈和他的小女友却不像他一样。他开始有了时间的概念，知道"今天"的意思。

一些宝宝的语言能力已经达到要求，他知道自己的名和姓氏，可以流利地说出家人的姓名，包括不常见的亲戚朋友，还能说出他们的职业，且能比较明确地表达自己的意图。

狭小的家庭空间已经很难满足宝宝学习的欲望，他迫不及待地想走出家门，去外面的世界探险。他喜欢参加社交活动，尤其愿意参与年龄相仿的幼儿之间的活动。但这个阶段的宝宝还不会与其他小朋友合作游戏，有时虽然在一起玩，但大家都是各玩各的。

宝宝有时会热衷于帮你做事，帮你做家务、收拾屋子，帮你摆桌子，虽然他常常越帮越忙，但妈妈还是要爱护宝宝的积极性，并适当地分配给宝宝一些力所能及的工作。有些宝宝的双手十分灵巧，已经会自己洗手绢、刷牙了。

此时，宝宝变得对万事万物如何运作很感兴趣，他谈话时总是不断地追问"为什么"。他渴求知识，不断地提出新问题，好像他的大脑像计算机一样把越来越多的知识贮存起来。

早教导言

宝宝变得比以前更富有创造力和想象力，这种崭新的思考、想像和创造的能力极大地改变了孩子的世界。对他来说，许多近在眼前的、熟悉的事情，不再包含原有的兴趣和快乐了，他需要更宽广的空间中去探索。你要珍惜和发展宝宝这种求知和探索的欲望，多带宝宝走出家门，让他可以接触外面各种各样的人和事物。见识其他小朋友，让他从大孩子那里学习玩耍的方式，在玩耍中使宝宝学会与人交往和共享。

此时的宝宝尽管语言能力已经有了很大提高，不过这时他讲的句子不一定很完整、有点颠倒、脱漏，有的还发音不清。这就需要你和周围的人要用正确的语言、音调多跟孩子讲讲话，不久孩子的发音、讲话都会很准的。鼓励宝宝把玩耍过程中的事情讲出来。

本阶段你还要继续培养宝宝的生活自理能力，不要对宝宝过多地包办替代，也不可对宝宝干涉和限制太多，以利于宝宝形成独立自主、自信的性格特征。

开心·妈妈早教妙招

打造小小演说家

——宝宝语言潜能启智开发训练

我是爸爸的小秘书

妈妈同宝宝用互相听电话做游戏，先让宝宝记住一件事等爸爸回来告诉他。以后让宝宝记住两件事，逐渐增加。先让宝宝记住对方姓什么，有什么事，必要时写上对方的电话号码，让大人回家时给对方回话。当然，这些要逐样练习，比如第一次让他只告诉爸爸"李先生来过电话"。第二次他可以告诉爸爸"王叔叔说明天找你"，这样就说清楚两件事。有了前两次的经验，第三次他可以更具体地告诉爸爸"明天叫您去国际饭店开会，可打电话66881122问清楚"，就把接电话最重要的事情说清楚了。如果宝宝还不会写数字，大人可以帮忙。这样的游戏不仅锻炼了宝宝的语言表达能力，还促进了他记忆力的发展。

"瓜"聚会

让宝宝说出各种以"瓜"结尾的事物，然后把所有的物品摊在厨房的桌子上，如：西瓜、南瓜、黄瓜、冬瓜、哈密瓜等，与孩子一起举行一个瓜的聚会，一边品尝食物，一边谈论以"瓜"结尾的词。你可以不断地变换结尾的字，如花、豆、叶等，这样既使宝宝增长见识，又可以扩展他的词汇量。

身体的用途

大人向宝宝发出指令，由宝宝用手指指向大人说的部位，并且很快说出这个部位的用途。如大人说："眼睛"，宝宝马上用手指眼睛，说："我的眼睛圆又亮，看东看西总是忙。"；大人说："鼻子"，宝宝指鼻子，"鼻子用来呼吸，还可以闻味儿"；"嘴巴可以说话和吃饭"；"耳朵用来听声音"；"手能洗衣、洗碗、做游戏。"等等。大人的练习速度可以逐渐加快。这个游戏可以锻炼宝宝手脑的灵敏度和语言的表达能力，还可使宝宝了解自己身体部位的用途，培养其自我意识。

看图讲故事

打开看过多次的故事书，大人用手指着图中的角色让宝宝开口去讲。虽然宝宝只能讲几个字的话，但是他会背诵书上的说词。如果实在忘了就提醒开头的一个字，让孩子继续接下去。在背诵过程中，这些句子会渐渐变成孩子自己的话，丰富了词汇，使孩子能说出的句子渐渐加长。孩子一面看图一面学讲故事，同时学习到一些常识。

让宝宝动起来

——宝宝运动潜能启智开发训练

前后滚翻

让宝宝四肢着地，大人一面说"把脚抬起来"一面帮助宝宝把脚翻到头的前面。经过多次的练习，宝宝会自己使劲，用头钻到两手之间，用力把腿向前翻，完成前滚翻。有些宝宝在妈妈的身上学过后滚翻，自己会用上肢和上身向后仰，在上肢着地时，大人帮着把下肢向上推，让宝宝的下肢翻过身体然后着地，再站起来。虽然后翻滚难一些，有些宝宝愿意做后滚翻，也应当鼓励。前后滚翻的游戏可以锻炼宝宝身体的协调性和柔韧性。

大树结果子

用一块约50厘米见方、稍厚些的素色布做底，在底布上用彩色碎布拼贴成一棵有几条树枝的大树干，在树枝上钉上若干的纽扣。用红色或黄色的碎布做成一个个果实，中间锁纽眼。把做好的"果实"盛在小筐子里，把"大树"摆放好，让幼儿把"果实"系扣在树枝上，让"大树"变成一棵"果实累累的树"。也可以把"大树"挂在墙上让幼儿系扣。这个游戏可以锻炼宝宝手指的灵活性，促进精细动作的发展，使他学会系扣子。

手口一致来点数

在日常生活中教宝宝数数，如："数数看你的衣服上有几个纽扣"；"数数看这儿一共有多少个苹果"。要求孩子边数边用手指点物品。孩子开始点数时常会嘴里数过去了，手还没来得及点，常发生数的顺序数错了或数漏了没数。大人应耐心地教，直到孩子能熟悉地口手一致点数。此游戏目的是培养孩子手眼的协调能力、手口一致的能力。

折纸

大人同宝宝一起折纸。先将纸裁成正方形，对角折成三角形，再将两边的锐角向上反折成狗耳朵，用笔画上眼、鼻、口、即成狗头。也可教宝宝将方纸对边折，使纸成长方形，再把长方形的短边对折，成小正方形。要求孩子把每次折的边角都对整齐才压折边，为更复杂的折纸打基础。这游戏可练习手的精细动作，学会按秩序做事。

学会分割

准备圆头的塑料餐刀，认清利口向下，让宝宝用左手固定要切的物品，留出要切的部位，用右手将刀朝下使劲切开蛋糕。先学切软的东西，如蛋糕、山楂糕、馒头等。熟练以后再切较硬的，如苹果、桔子等。用塑料餐刀，家长不用害怕孩子会伤及自己。孩子用玩具刀模仿大人切菜，能将食物切开，学作简单分割，使左右手协作，还可使宝宝理解局部和整体的关系。

小·蚂蚁搬粮食

宝宝扮蚂蚁，手膝着地爬过"草地"（垫子）去寻找"粮食"（积木），找到"粮食"后，就把"粮食"放在背上，按原路把"粮食"搬回"家"（指定处）。然后再出发，寻找"粮食"，直到"粮食"搬完为止。你可事先在地上画些线表示小路、小河等，引导宝宝按指定路线爬，如爬过弯弯曲曲的"小路"，越过一个"小山坡"，把"粮食"搬回"家"。在运"粮食"的过程中，如果"粮食"掉到地上，要引导他再将"粮食"放到背上继续爬。这个游戏可以锻炼宝宝四肢的协调性和掌握平衡的能力，还可以使他注意力集中。

小·乌龟爬爬

让宝宝钻进纸盒里，把纸盒当成乌龟，尝试沿着纸盒内壁爬。随着宝宝的爬动，纸箱会跟着移动。当宝宝动作熟练后，大人可以和孩子一起游戏，比比"哪个纸盒爬得快"，激发宝宝参与游戏的兴趣。会走的宝宝往往不爬了，经常与他做些爬的游戏，对宝宝还是有很大好处的。

我会骑车了

这时的宝宝可以让他练习骑车了，骑车可以锻炼宝宝下肢的灵活性和身体的协调性。用普通儿童三轮车，或者用矮的、后面带两个小轮子的两轮车，将小轮子放下，就有三个轮子着地，便于宝宝练习。大人扶着车把，帮助宝宝坐到座位上，让他的双脚放在踏板上，宝宝的双手扶着把手，先练习向前行。宝宝的手脚和身体要保持协调，眼睛向前看，才能学会向前骑。然后再让宝宝练习向左转、向右转。刚刚学会骑车的宝宝很上瘾，他会高兴地骑来骑去，乐此不疲。

尽情展示宝宝的才艺
——宝宝艺术潜能启智开发训练

奇妙的色彩混合

这个年龄的宝宝，你可以鼓励他玩色彩混合的游戏了。给宝宝准备几个普通的白色塑料盘子，不易损坏又可反复利用。一次先给他玩两种颜色的混合，比如：黄和蓝、红和黄、红和蓝，看看会出现什么颜色，这变幻无穷的色彩会让宝宝着迷，它会让宝宝觉得像变魔术一般有趣！你可以先让宝宝在纸上涂画着调色，也可以拿一个盘子调着玩，所用的颜色多少不同，产生的深浅和色彩倾向也不同。你甚至可以用透明杯子，把两种颜色稀释后混合在一起让宝宝看看。这个游戏可以玩很多次，只要每次所选的颜色不同，就会让宝宝产生不同感受。

印手掌

准备彩色颜料和画纸，让宝宝将七彩缤纷的颜料涂在手掌上，再随意印在画纸上，让宝宝自由创作喜爱的图画吧！这种新奇的画法，可充分发挥宝宝的想像力，使他对绘画产生浓厚的兴趣。

世界尽在我掌握
—— 宝宝观察、创造潜能启智开发训练

捏面团

当家里包饺子时，给宝宝一个小面团，让他随意捏着玩。开始他会学大人的动作，如搓一个小球、压成一个饺子皮。以后宝宝的手渐渐灵活，开始捏自己所想的东西，如捏个小碗、小盘、水杯等，有时宝宝还会别出心裁地捏条蛇或者一堆大小不等的葡萄，如果有大人给指点，做下示范，宝宝还学会捏更多的东西，他手中的面团几乎成了离不开的好玩具。等到用完后，大人可以加上1~2滴甘油揉在面团里，放在塑料袋中存入冰箱，供下次再玩。如果家里有食用色素，再加上少许，那捏出来的东西有丰富的颜色，宝宝就更喜欢了。这个游戏可以发挥宝宝的想像力和创造性，使宝宝的小手更加灵巧。

水怎么不流了

拿一个饮料瓶，在瓶底中央扎一个小孔，在瓶子的颈部旁边再扎一个小孔。把水灌满瓶子，放在一个脸盆里，大人拿起瓶子时水从瓶底的洞流出，大人用手指压住瓶颈的小洞时，水流停止。放开瓶颈的手指，水又再次流出。把瓶子递给宝宝，让他也来试一试。再把瓶子倒着放，水会从瓶颈的小孔流出，如果用手指压住瓶底的小孔，水流也会停止。可以让宝宝自己寻找小洞，用手指压着停止水流。这会让宝宝感到很好奇，但三岁前的宝宝往往对自己操作游戏更感兴趣，暂时不必问为什么，到四岁后，宝宝懂得了空气就会明白其中的道理。这个游戏可以开发宝宝的观察和想像能力，促进其创造性的发挥。

学会联想

生活中应让宝宝学会联想，把看到的、听到的、学到的知识联想起来，培养联想的习惯。宝宝有了联想能力就有了想像力，为以后的创造力打下好的基础。

比如你问宝宝什么会飞？让他先把鸟类的图书和图卡拿出来，看图说出名字，然后再让他回想一下，还有什么会飞？你可以给宝宝一些提示，比如，飞机啦、气球啦、风筝啦，宝宝就会展开他丰富的想像力，也许他还会想到连你都想不到的东西呢！你还可以问他什么会跑？什么会游？……当然，这些知识要分多次让宝宝练习。联想要在有丰富的积累之下才能产生，所以拓展宝宝的知识面很重要。

美丽的图形

拿一块硬纸板，在上面打上许多孔，大小以细绳能够穿过为宜。在打孔的时候，你要有所设计，而且要花一番心思设计得很巧妙，让宝宝穿过去的绳子，能构成不同的图形。你也可以给宝宝不同颜色的绳子，以激发他更大的兴趣，让他创造出更多种玩法。这个游戏可以促进宝宝手眼协调，开发其想像力和创造性。

剃须膏变白雪

剃须膏不易溶，而且质料软绵绵，是最佳的道具。将大量剃须膏挤出，让孩子随意搓捏，使他联想出各种有关白雪的物件，如雪糕、小绵羊及白云等，引发他无穷的想象。但一定要有大人在场，切忌让宝宝吞食。此游戏可增加宝宝触觉感受及想像力。

对不起

首先大人在家要做出榜样，如果有冒犯别人之处就主动说："对不起"，宝宝经常听到主动道歉的语言和态度，就很容易模仿。比如你在走路时，不小心碰到别人，马上主动道歉，别人就会谅解，避免争执。能主动道歉的宝宝会减少打架和争斗，很快能争取到好朋友，容易进入集体。

学会用手纸

用一个娃娃放在便盆上，让宝宝当家长，等他大便完毕，用手纸替它擦屁股。第一次把手纸双叠擦拭一下，再把擦过的一面叠入，又双叠再擦一遍，把用过的手纸扔到纸篓，再拿另一张手纸用同样方法再擦，然后替娃娃穿好裤子。等到宝宝自己要大便时，大人替他准备好手纸，让他如同替娃娃擦屁股那样自己操作。等他已经擦过两次后，大人再检查是否擦干净了，如果还未擦净，大人可以帮助，如果擦净了就要表扬一下，说："宝宝真能干"，以后宝宝就有信心自己操作了。

小小服务员

在准备吃饭之前，先让宝宝收拾好玩具，来到厨房，拿起抹布，把吃饭用的桌子擦拭干净。然后洗手，按人数先摆放碗和筷子。拿个大托盘，把妈妈盛好的菜搬到桌子上，可以放两块纸巾或两块干净的布垫着双手，把热的盘子搬到桌子上，或者等大人来帮忙。再把空的托盘拿回厨房，宝宝每次吃饭之前都主动帮妈妈干活，形成与人合作的良好习惯，愿意助人，这是一种很自然的情商训练，是一种不可错过的练习机会。此外，宝宝还学会按双数数筷子、按人分碗、勺子，饭后水果等，这都是练习数数的好机会。

我的好朋友

给机会让宝宝自己选择朋友，宝宝常常会根据自己的兴趣来选择。爱唱歌的宝宝总是跟着会唱歌的宝宝，要学唱他会唱的歌；爱画画的宝宝也会跟着会画画的宝宝，互相学习增进画画的技巧；爱拼图，爱积木的宝宝旁边也会跟着一些追随者；爱踢球的宝宝当然也要找到能踢球的伴侣。在宝宝们自由游戏时，大人不必干预，让宝宝自己扎堆，大人可以在一旁观察他们的游戏，从而发现宝宝的兴趣所在。家长也可以请宝宝喜欢的小朋友来家做客，这可以促进宝宝的人际交往，使他更好地学会与人交流、合作。

过马路

家长带宝宝外出前，先同宝宝谈话，使其知道过马路要注意些什么，教宝宝说儿歌《过马路》：

> 大马路宽又宽，
> 警察叔叔站中间，
> 看到红灯停一停，
> 看到绿灯向前行。

每当带宝宝过马路时，要让宝宝观察、识别马路上的信号灯及人行横道线，并认识警察，知道有困难可以请警察叔叔帮忙。这可以让宝宝知道社会是有规则的，人人都必须遵守规则。

参观图书馆

如果邻近的图书馆中有儿童部，有婴幼儿的活动场所，你应该经常带宝宝去图书馆参观一下，看些简单的图书，让宝宝多参加各种儿童活动。这些活动可以开扩宝宝的眼界和思路，从小培养他爱读书的兴趣，有利于宝宝形成良好的品行和习惯。

陶陶哥哥简直威风极了，他骑上小车像风一样地又快又稳当。可我骑在小三轮车上，还需在要爸爸的帮助下，才能慢慢向前骑，那车把好像总是不听话，老是往旁边一歪一歪的。尽管爸爸说再多练几次就好了，可是我心里却急得不行。

早教贴心提示

批评孩子有学问

随着宝宝能力的提高，宝宝犯的错误也越来越多：他不是摔坏了杯子，就是拿着拖把到处乱拖，要不就尝试着把小指头塞进电源插座里……总之，宝宝一天之内被妈妈批评个三五次简直就是家常便饭。但是专家却建议，不管宝宝犯多少错误，每天批评他最好不要超过两次。

其实，失败是成功之母，失败可以积累经验教训。许多家长在宝宝犯错误时，总是大加斥责、恐吓，却忘记了犯错误是很好的学习机会。家长们批评宝宝，是想阻止他再犯同样的错误，但由此常会产生相反的作用。有的孩子因害怕受责备而不敢冒险，失去了学习新技巧的热情和胆量；也有的孩子因此而产生反叛心理。而且，过于频繁的责备不仅使孩子变得"皮"了，对批评充耳不闻，更会在他们的心里留下阴影，认为自己做什么都不行。

因此，家长批评孩子，不妨每天只说个一两次，不要逢事便说，因为有的错误，孩子可能马上自己就能明白和意识到，不说也罢。而对于较为严重的错误，家长在批评时也应该注意方式方法。一是采取冷处理。即家长在批评孩子时，不妨放低声音，或采取沉默，这比高声大喊要更有效果，孩子反而会更紧张，会感到"不自在"，进而反省自己的错误。再有就是要趁热打铁。因为孩子的时间观念比较差，刚犯的错误转眼就忘了。如果觉得孩子做的错事必须批评，那么别拖拉，马上就说，否则就起不到应有的教育作用。

宝宝人生第 34~36 月

宝宝成长进程

现在宝宝的各项运动能力又有了很大的发展，他已经能非常利索地跑步，还能用单脚跳着走，骑三轮车更加娴熟，已经能自如地转弯。会两脚交替上下楼梯，会从平地跳上台阶，能叠 9~10 块方木。宝宝也能画一些简单的图形，可以完整地画出人的身体结构，虽然比例不协调，但是基本的位置他已经能够找准。宝宝还能把馒头或面包一分为二。他可以画四方形，并能封上口，但四个角都比较钝。能将几何图形的木块放入相应的框框内，喜欢对称。他能找出图中缺少的 1~2 个部分，能注意到遗漏的部分或损坏的物体，并要求家长装配上去。宝宝已经能将各种用途不同的物品分类，但还局限在按物品的用途来分，比如吃、穿、用、玩等，这说明宝宝的分析能力和综合能力已经初步具备。

宝宝已经能自己洗脸洗脚，在别人的帮助下穿衣服，自己能脱衣服，双手已经

能合作系扣子，解开旁边或前面的纽扣，并可以分清左右。他会用水壶倒水，会整理玩具，会自己上床睡觉，在吃饭时宝宝还会积极地为大家发筷子。他知道自己的性别及性的差异。宝宝的注意力已经能集中一段时间，这时他已经能参与一些复杂的社会交往，做一些类似捉迷藏或老鹰捉小鸡等需要与人合作的游戏。懂得等待、轮流，但常常表现得没有耐心。他喜欢同别人交换东西，认为父亲在家庭中的地位更加重要。这时的宝宝比较讲道理，大吵大闹和发脾气已不常见，他友好、有幽默感，喜欢讨好家长。

此时是宝宝语言发展的迅速期，词汇量不断增加，已能开始使用数词和连词，掌握了最基本的句型，初步掌握了基本语法，运用复句的能力也在不断增强。说话流利、自信，能说出姓名、年龄、父母姓名、单位或住址。会背诵几首儿歌、唐诗、广告词及简单的故事。好奇心强，喜欢不断地追问："为什么？这是什么？有什么用处？"

宝宝智力发展中最重要的一步，是他明白了时间不只包括现在，还有过去和将来、昨天和明天。计划未来是智能最为重要的一方面，这使我们不同于那些低级动物。在孩子不满三岁时，你会第一次听见孩子说"我一会儿再吃"，或者"我们可以明天去"。

早教导言

这个时期的宝宝开始构思自己的行动内容，并通过双手实现出来，宝宝还不会想好了再做，而是先做后想。由于想像活动异常活跃，所有能拿到手的物体，他都能饶有兴趣地玩上大半天。随着宝宝能力的增强，应让他广泛接触社会和大自然，在引导宝宝观察、认识社会和自然中增长见识、发展语言。

快三岁的宝宝思维能力有了很大提高，他常能触类旁通，比如说到熊猫，宝宝会联想到熊猫是国宝，它的食物是竹子，在动物园曾经看到过等等。又如说到蓝色，宝宝知道天和海是蓝色的，家里的日用品中也包含着许多蓝色等。经常与宝宝做一些联想的游戏可以开发他的想像力，锻炼宝宝思维的活跃性。此外，这时宝宝也很喜欢玩猜谜语和编谜语的游戏，家长可以先编谜语让宝宝猜，如"麻屋子，红帐子，里面睡个白胖子"，宝宝很容易就能猜出是什么。然后再让宝宝自己编，家长来猜。这样轮流猜谜和编谜是发展言语和认知的良好方法之一。

宝宝开始学会用说谎来摆脱一些困境，但通常这个年龄的孩子，说谎是无恶意的，不应受到惩罚，但要帮孩子懂得诚实的重要性，尤其是父母更应做好榜样。

从现在开始就要强化训练宝宝的自理能力了！让他学会使用厕所，学会认衣服的前后反正，并教宝宝与人相处时要注意的事项，以适应集体生活。各位爸爸妈妈和可爱的宝宝，现在就积极为入园做准备吧！

开心·妈妈早教妙招

打造小小演说家

——宝宝语言潜能启智开发训练

手偶对话

大人和宝宝各戴一个手偶，两人分别做不同的角色，例如表演一个熟悉的故事"龟兔赛跑"，一个人做乌龟，一个人做兔子，两个人共同表演故事的情节，开头可以稍微简单一点，使宝宝先记住其中的主要情节。等到表演过几次后，鼓励宝宝在其中插入一些另外的新变化，使故事的内容丰富一些，如果宝宝想得太离奇，大人可以帮助一下，使故事能讲得下去，拉回正题。大人同宝宝的手偶对话，如同话剧创作，随时变化，可增加宝宝的语言能力和想像力。

学说反义词

大人先和孩子做各种意义相反的动作。如大人说："长高了！"同时踮起脚尖，高举双手。宝宝说："变矮啦！"同时蹲下，缩紧身体。学说反义词有一定的难度，大人应在日常生活中帮孩子积累相应的经验。在教孩子理解反义词时，可以从具体的事物入手，逐步让孩子建立"反义词"的概念。如从大苹果——小苹果、大人——小孩，逐步扩展到大——小。适宜孩子学习的反义词：大——小、多——少、前——后、高——矮、冷——热、来——去、快——慢、长——短、里——外。

看图说话

看图说话是以提问为主要方法，引导宝宝仔细观察画面，在对画面理解的基础上运用想像力描述画面所表现的情节。如：图上画小白兔在采蘑菇的情景。大人：宝宝，画上有谁呀？它在干什么？宝宝：小白兔在采蘑菇。大人：小白兔为什么要采蘑菇呀？宝宝：因为小白兔饿了。大人：小白兔采蘑菇都给谁吃呀？宝宝：爸爸、妈妈……在这一问一答中，发展了宝宝的语言能力，促进其想像力的发挥。

让宝宝动起来
——宝宝运动潜能启智开发训练

跳一跳，摘苹果

用小绳子吊起一个红球，离宝宝的头顶约20厘米，使宝宝略为跳起就能摘着。逐渐把红球升高3~5厘米，让宝宝再加一点劲，就能够着。经过练习，家长可以记录宝宝能够跳起的高度，可以同以后做一下比较。宝宝的身高不同，弹跳力也各不一样，不必做横向的比较，只与自己过去的记录做比较。

用积木搭楼梯

大人先作示范，用一块正方形的积木做第一级，在旁边摆上叠起两块的方积木做第二级，又在旁边摆上叠上三块的积木做第三级。大人用手指模拟上楼梯的动作，使宝宝确认搭出来的是楼梯。然后把搭好的楼梯推倒，请宝宝自己搭出三级的楼梯来。有些宝宝会很顺利地模仿大人的方法搭出楼梯，也有些宝宝会独出心裁，用横向搭法，先排好三块积木，在第二块上多叠一块，在第三块上多叠两块。这个游戏可锻炼宝宝手的灵活性及手眼的协调性。

捡豆豆

把小桶里的黄豆倒在盘子里，让宝宝一个一个地捡起来，放到碗里去。为了增加兴趣，可准备两个小碗，家长和宝宝一起来比赛，看谁捡得快。随着宝宝能力的提高，黄豆可改成绿豆，也可将两种豆子混杂，让宝宝分别拣出来。这个游戏可促进宝宝精细动作的发展。

漂亮的手镯

拿红色和白色的纸，让宝宝用剪刀剪成纸条。先做一个白色的纸环用胶水把两头贴住，再做一个红色的纸环穿过白色的纸环，做成一条红白相间的链条。把它套在宝宝手腕上当手镯。妈妈先做一个引起宝宝的兴趣，然后放手让他自己来做，以鼓励为主，不要计较孩子做得是否漂亮。把做好的链条挂在宝宝喜欢看到地的方，作为宝宝的成绩展览，使宝宝有成就感。也鼓励宝宝多做几条送给宝宝的好朋友。这个游戏的目的是为了训练宝宝手的灵活性，促进其精细动作的发展。

尽情展示宝宝的才艺
——宝宝艺术潜能启智开发训练

体会色彩并置的感觉

为宝宝准备广告色、水粉纸、水彩纸及几只不同型号的水彩笔。这个年龄段的宝宝对色彩的感觉已非常敏锐，要有意识地让宝宝发现色彩相互之间的影响。你可以尝试以下几种玩法：

给宝宝一张较大的纸，准备几种颜色，比如红黄蓝绿紫，用五支笔分别蘸上颜色，只给宝宝一种笔，画几笔后收回来，再给另一种颜色的笔，这样，画面上的颜色纯度比较高，对比较大，让宝宝自己观察不同色在一张纸上产生的调和感觉。

准备几种暖色，如红、橙、黄三种色，将它们分笔蘸色，画完后让宝宝感觉同类色的调和感觉；再选择几种冷色，如湖蓝、普蓝、草绿、翠绿四种颜色，玩法相同，也是同类色的调和。然后把两幅画放在一起让宝宝作下比较，问问宝宝，"你觉得哪张画温暖，哪张画凉快呢？"相信宝宝一定会给你满意的答案。

准备两种对比度强的颜色，如红色和绿色、黄色和蓝色、紫色和橙色等，调得稠一点，先给宝宝一种颜色，等宝宝画完了，将其晾干，再给他另一种颜色，让宝宝随便画，画完之后让宝宝观察，使他体会对比色并置的感受。

豆子拼图

用家中的红豆、绿豆、黄豆各一把，放在一个白色的小碟子里，让宝宝自由拼出他喜欢的图形。也可以拿出一本图画书，让他照着拼出某个自己感兴趣的图案。再给孩子一瓶胶水、一张纸板，让孩子把自己的作品粘在纸板上，做成一件装饰品，保存起来。

世界尽在我掌握

——宝宝观察、创造潜能启智开发训练

看看都是谁的照片

准备一些图片，如沙发、衣柜、电视、电脑等，让宝宝坐在你的旁边，拿起其中一样东西的图片，让宝宝找到相应的实物，将图片放到相应的物品上。直到宝宝把所有的图片与实物都搭配好为止。也可将家中各种物品的图片与实物都放在地板上或是桌子边，例如牙膏、帽子、玩具、手表等，让宝宝把这些物品排成一列，按照物品找出相应的图片。这个游戏可以促进宝宝观察能力的发展。

谁的叫声

爸爸或妈妈在被窝里发出不同的动物的叫声，比如狼的叫声、狗叫声、狮子的叫声等，让宝宝猜猜藏在被窝里的是什么动物。这是一则用听觉进行判断的游戏，可以刺激宝宝的右脑发育，发展其想像力，促进其创造性的开发。

泥巴软软

两三岁的宝宝虽然抓握能力差些，但他非常喜欢这类活动。家长可为宝宝准备好各色的橡皮泥，让宝宝在泥工板上随意玩。你可以适当地教给宝宝一些简单的捏塑方法：大把地抓，并把橡皮泥握成棒状，把握成的泥棒放在泥工板上搓长，可做成油条、麻花等；用手掌把泥团成球，插上小棒，做成苹果，或用竹签串起来做成糖葫芦；把长条和圆球压扁成饼，可做成饼干等。这些软软的橡皮泥使宝宝的动作越来越精细，想像力也越来越丰富。

让宝宝续结局

让宝宝看着新买来的图书，听大人讲故事，讲到最后的几页，大人把书递给宝宝，让他自己看图来猜测图意，把故事讲完。宝宝已经听完前面的部分，知道故事的大概意思了，而且对图上的人物也已经熟悉，让宝宝看着图，可以猜到最后的结局，让宝宝用自己的话讲出来。如果宝宝还没有看懂，大人可以提问，帮助宝宝看清楚图的内容，推导出结局。这个游戏可以增强宝宝对图的理解能力，发展其语言能力和想像力。

看看哪错了

大人可以自己制作图案，巧妙地用纸贴去一部分，让宝宝自己找出来。也可以在某个部分画一些错，或漏掉某一部分的图让宝宝来辨认。比如你画了一辆缺了一个轮子的汽车，先让宝宝看看哪错了？如果宝宝看不出来，你可以提示宝宝汽车怎样才能走，当宝宝注意到要用轮子来跑时，就会发现少了一个轮子。又如宝宝看见图上的大公鸡有四条腿，宝宝会联想到家里吃鸡时只见过两只鸡腿，所以又指出了错误，这时大人应及时表扬，让宝宝增强信心，去继续发现图中的问题。这个游戏可促进宝宝的观察能力和联想能力的发展。

大家轮流玩

家长邀请几位宝宝来家里玩，请自己的孩子分给每人一个玩具，大家一起玩。当一个宝宝想要别人喜欢的玩具时，大人用亲切的语言告诉他："你想要的玩具小朋友正在玩，你稍等一等，一会儿给你玩好吗？"这样的教育环境会让宝宝知道，想要别人正在用或正在玩的东西时要等一会儿，从而使宝宝学会等待。反之，家长要启发自己的孩子将玩具让给别人玩一会儿，使宝宝学会谦让。

猜猜他是谁

妈妈爸爸与宝宝坐在一起，先请宝宝猜猜看，例如：每天家里起得最早的人是谁？幼儿园里最喜欢跳舞的小朋友是谁？宝宝也可以给妈妈爸爸出题目来猜，一家人一起猜测家里的亲戚、朋友以及宝宝的小伙伴、幼儿园老师等，还可以扩展到家里的物品以及社区的设施，如医院、派出所等。妈妈爸爸可以经常与宝宝一起玩这个小游戏，这是有意识地帮助宝宝巩固对家庭成员以及居住环境的认识，逐步扩充游戏内容，引发宝宝对周围玩伴、他人以及环境的关注，产生与周围人、物交流的兴趣。

关心小宠物

妈妈爸爸可以为宝宝养只小兔或者小鸟，或者带宝宝去有小宠物的家庭拜访。在观察小动物的过程中，鼓励宝宝关心它们的吃喝拉撒，并和宝宝一起阅读小动物童话故事书，激发宝宝对小动物的喜爱，模仿妈妈对自己的关照去照顾小动物。使宝宝知道，对待小动物要仁慈，不要粗鲁，赞扬宝宝温柔的行为。以此来培养宝宝的爱心和同情心。

小小采购员

让宝宝独自去买一样东西，比如一支挂面、一袋盐等，让他充当家里的小采购员。但一定要让宝宝去离家很近的地方买，以免走失或发生危险。宝宝会很高兴为你效劳的！这可培养宝宝独立做事的能力，使他学会与人交流和沟通，促进语言能力的发展。

妈妈的小帮手

这个年龄的宝宝最爱"添乱"。在妈妈做家务时，他会很感兴趣地跟在后面学这学那，这正是让宝宝发展各种能力的大好时机，家长千万可别错过！给宝宝系上围裙、戴上套袖做家长的小帮手，不仅可避免其弄脏衣服，还能让宝宝更认真、更自信。让宝宝帮忙一起整理家务，如："请帮我拿扫把来。"如果宝宝不知扫把在哪儿，则补充说明："扫把就放在椅子旁边。"当宝宝能力提高了，家长可用较复杂的句子给予提示。如："请帮我把鞋子放进鞋柜里。"

让宝宝和家长一起洗洗抹布，擦擦小椅子，拖拖地板。这既培养了宝宝从小热爱劳动的品质，又发展了他的语言能力。

爸爸妈妈在哪里

出示家人集体照，让宝宝分别说出照片上的人是谁，并能说出父母的姓名、职业及工作单位。成人通过讲爸爸妈妈的工作，使宝宝知道并懂得爸爸妈妈每天要上班，工作很辛苦，所以，自己每天要上幼儿园，听老师的话，和小朋友一起玩。

　　我长大喽，现在我已经能做好多事情了。吃饭时我能摆碗筷，能擦桌子、扫地，妈妈夸我是她得力的小助手！我还学会了自己穿衣服、穿鞋，就是穿鞋时老爱出错。妈妈说我快该上幼儿园了，幼儿园有好多的小朋友和玩具，我真想现在就去。

早教贴心提示

从容应对宝宝的反抗

　　曾几何时，妈妈怀中那个嗷嗷待哺的小宝宝会自己用小勺吃饭了，并且能摇摇晃晃地蹒跚学步了，父母是多么的欣喜。但随着宝宝能力的提高，他开始起草自己的"独立宣言"，一反以往的乖巧和温顺，他变得执拗、任性、甚至强硬，"不"成为他成长中使用频率最高的字眼，这个时期我们通常称之为"第一反抗期"。面对如此反抗的宝宝，父母难免不知所措，心里还有些许失落和担忧。其实，这是每一个宝宝在心理发展历程中的必经之旅。

　　在宝宝出生后的头三年里，是宝宝生长发育的关键时期，不管是在生理还是心理方面都有着显著的变化。因此如何让宝宝顺利度过人生的第一反抗期，成为家长最为关心的话题。但是需要知道的是，反抗现象是儿童成长进步的标志，是儿童发展自主性、独立性、自信心、意志力、想象力等行为品质的关键时期。这一时期只要儿童的行为不具伤害性，家长就不要过分干涉和束缚宝宝的行为。如果你仍然用对待新生儿一样的养育方式对待反抗期的宝宝，强迫宝宝按成人的意志去做，或采取打骂、恐吓手段对待宝宝，那这些宝宝就会丧失自信，并产生自我否定的观念。

许多研究表明，对宝宝反抗现象过分抑制，会影响宝宝的身心发育。当宝宝处于第一反抗期时，尤其需要家长的耐心疏导，要引导和教育宝宝认识他们尚不熟悉的世界，要学会表扬宝宝和善意批评宝宝，使宝宝的身心得以正常发育。